錢鍾書先生
論《詩經》《楚辭》

林祥征 — 著

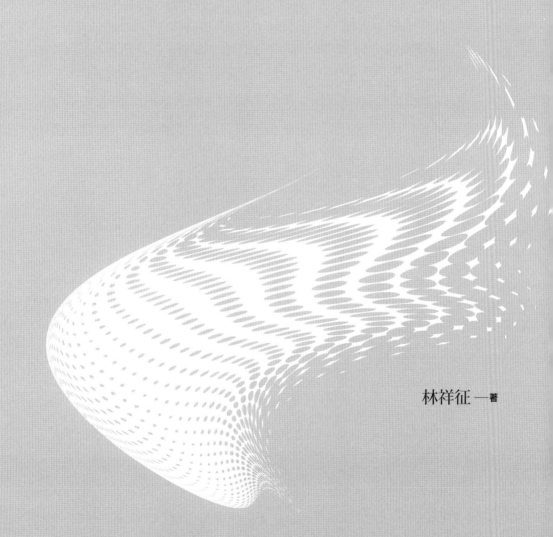

五南學術叢刊

自序

　　中國是一個詩的國度，詩的傳統源遠流長，《詩經》和《楚辭》是先秦時期兩座具有劃時代意義的豐碑，並對中華民族精神的建構產生深遠影響。錢鍾書（1910-1996）先生的《詩經》研究主要集中於《管錐篇·毛詩正義》六十則中，從「錢學」的角度看，分量並不重，但具有較高的學術智慧：1.《管錐篇》寫於閉關鎖國的文化大革命之中，卻能把《詩經》放在世界文化的大背景下進行闡釋，並能打破學科界限，進行綜合研究，都可謂開風氣之先：2.著重於文本的內部研究，不尚空談，有利於糾正學術界的浮躁之風：從《詩經》、《楚辭》的作品中總結出許多鮮活文論，有助於糾正單純從古文論中研究文論的偏頗。3.錢先生曾經批評「有的學究談藝術的時候，不去領會藝術家的別具會心，偏去考究人家的淵源師承，這就好像見了身強力壯的人，便跑到他吃的羊群、豬群、牛群哪裡一一追問：這個人的力量是從你們中間的那一個身上來的？」，而「領會藝術家的別具會心」正是他的優長之處，他研究藝術作品不光說出好在哪裡？還能

說出為啥好？這比我們喜歡用空洞的八股術語（例如語言生動、形象鮮明、結構完美等）去套所有作品，和用段落大意寫鑑賞文章強得多。黑格爾說，審美是人生一次解放。讀錢先生有關《詩經》的論述，一定會得到快樂與享受。我們注意到，他在《管錐編》（中華書局1979年版 第2冊 第440頁）中，通過《檜風·匪風》：「誰能亨（烹）魚」一句，比較詳細地論釋了《老子》：「治大國若烹小鮮」的治國理念，如引《毛傳》：「烹魚煩則碎，治民煩則散，知烹魚則知治民矣」，並指出「《老子》意與《毛傳》正同」。而《老子》的這一治國名言已為領導人所引用。最近有學者寫書批評錢鍾書沒有思想，那是從門縫看人，把錢先生看扁了。

王安石說：「聖人道大而能博，學者所得皆秋毫」（《孔子詩》），我深知這個小冊子的的分量像秋毫那樣微不足道，但正如曹植所說：「冀以螢燭末光，增輝日月」（《求自試表》），希望為擴大「國學」和「錢學」的影響盡一份小小心力而已。不可諱言，《管錐編》採用的是傳統的札記體式，並用文言寫成，比較難懂，筆者在闡釋時盡量寫得通俗些，以期能為更多的讀者所接受。有的資料重複引用，耽誤讀者時間，敬請諒解！

林祥征　於泰山學院

2013年6月9日

目　錄

錢鍾書先生《詩經》的心理學闡釋　001

錢鍾書先生全球視野下的《詩經》研究　021

錢鍾書先生對《詩經》修辭學的拓展　039

錢鍾書先生對《詩經》訓詁學的開拓　061

錢鍾書先生對《詩經》詩學的拓展　079

錢鍾書先生《詩經》研究方法論　095

錢鍾書先生《詩經》藝術研究述評　109

《管錐編·毛詩正義》學習札記　131

錢鍾書先生《楚辭》藝術研究述評　163

錢鍾書先生《詩經》的心理學闡釋

　　文學藝術作爲人類社會一種特殊的精神現象，無論從創作還是欣賞方面，都包含著人的豐富心理活動；如果不對它做心理的研究，人們對文學藝術的認識是不完全和缺乏深度的。因此德國美學家弗里‧德蘭德說：「藝術是一種心靈的產物，因此可以說，任何有關藝術的科學必然是心理學的。他雖然可能有其他方面的東西，但心理學卻是它首先要涉及的。」[1]丹麥著名文學史家勃蘭克斯也說：「文學史就其最深刻的意義來說，是一種心理學，研究人的靈魂，是靈魂的歷史。」（《十九世紀文學主流序》）錢先生早在1932年就提出，文學藝術的研究「對日新月異的科學——尤其心理學和生物學，應當有所借重。」[2]並把借重心理學貫穿於研究之中。

　　1.《史記‧老子韓非列傳》：「[韓]非爲人口吃，不能道說，而善著書。」《史記‧司馬相如列傳》：「相如口吃而善著書。」西漢大文學家揚雄和《後漢書》的作者范曄也有這個毛病，錢先生指出，這屬於心理學「心理補償反應。」（《管錐編》中華書局1986年版第11頁，下面見該書只注頁數，而錢先生對《詩經》的闡釋則大多

見於《管錐篇・毛詩正義》60則中）了解這種心理特點對我國古代的樂師大多是盲人就好理解了。

2. 錢先生在論述「得財以發身，而舍身為財者有之，求名以榮身，而殺身成名者有之，行樂以娛身，而喪身者有之。」和《列子・楊朱》：「豐屋、美服、厚味、姣色，有此四者，何求於外？」之後，引用了馮特（Wundt）「手段僭越目的」的心理理論加以詮釋（520頁）。當代一些貪官不是「手段僭越目的」為財色而舍身了嗎？

3.《史記・魯仲連鄒陽列傳》魯仲連曰：「吾始以君為天下之賢公子也。吾乃今然後知君非天下之賢公子也！」「乃今然後」乍看不是重複囉唆嗎？錢先生說：「實則曲傳躊躇遲疑，非所願而不獲已之心思語氣。」又如《水滸傳》第12回：「王倫自此方才肯教林沖坐第四位。」文中正是多了「自此方才」4字，才傳達出王倫遲疑和於心不甘不讓林沖坐第四把交椅的心理（321頁）。說明不作心理分析是講不清楚作家藝術用心的，甚至還可能造成誤解。

4. 對項羽的心理分析，前人根據「霸王別姬」而認為項羽有英雄之氣和兒女情長的特徵，錢先生根據《史記》的材料，揭示項羽具有以下的特徵：「言語嘔嘔」（說話和氣）和「喑噁叱咤」（厲聲怒叱）；「恭敬慈愛」與「剽悍滑賊」（勇猛而又狡詐）；「愛人禮士」與「妒賢嫉能」；「婦人之仁」與「屠坑殘滅」；「分衣

推食」與「玩印不予」（275頁）如此多相反（可謂人與野獸同在）的心理特徵，竟然集合在項羽一身，錢先生說：「科以心學性理，犁然有當。《史記》寫人物性格，無復綜如此者。」正是借助心理學原理的觀照，才使項羽複雜而又矛盾的性格得以顯現，並產生很好的影響。[1]他的研究使我們認識到，所謂智慧，就在於從矛盾中發現爲人們所忽視或所掩蓋的內在統一。我們過去的文藝作品中，存在著寫正面人物單一化，寫反面人物醜化的現象，錢先生的研究有助於糾正這種弊病。常言道：「書從心靈深處香」，我們也可以說，只有揭示心靈深處的文學作品才更具藝術魅力。那麼，錢先生是怎樣對《詩經》進行心理闡釋的呢？

1.易中天說：「曹操可能是歷史上性格最複雜，形象最多樣的人，他聰明透頂，又愚不可及；奸詐狡猾，又坦率真誠；豁達大度，又疑神疑鬼；寬宏大量又心胸狹窄。可以說是大家風範，小人嘴臉；英雄氣派，兒女情長；閻王脾氣，菩薩心腸。看來曹操好像好幾張臉，但又長在他身上，一點都不矛盾，這是一個奇跡。（《中國電視報》2006年7月31日）有學者也指出：《呂氏春秋》《荊軻刺秦》中，我們看到一位殘忍陰毒卻又雄才大略，一位朝堂上威懾群臣而獨處時內心時時恐懼的秦始皇。」（《戰國中的帝王們》（中國電視報1999年19期））

一、有關《詩經》創作心理的闡釋

所謂創作心理，是指所論文學現象，著重從作者的角度，描述分析創作過程的心理現象，並給予心理學的詮釋。

（一）有關《秦風‧蒹葭》中「企慕心理」的闡釋

《秦風‧蒹葭》是一首廣為傳頌的詩篇，其意是：一個秋天的早晨，一個男青年在有蘆葦的河邊上，隔著河水遙望他嚮往已久的心上人，然而，她是那樣難求，逆流而上吧，道路崎嶇而又遙遠；順流而下吧，她又仿佛在那水中的小島上，可望而不可求……

這是一首有意境的詩篇，而錢先生關注的重點是該詩的創作心理。他在引用陳啟源《毛詩稽古編‧附錄》「夫說（悅）之必求之，然惟可見而不可求，則慕說益至」之後指出：該詩與《漢廣》一樣，都抒寫了「西洋浪漫主義所謂企慕（Sehnsucht）之情境也。古羅馬詩人桓吉爾名句云：『望對岸而伸手嚮往』，後世會心者以為善道可望難即，欲求不遂之致」（124頁）。這裡的「企慕」心理，是指表現所渴望，所追求的對象在遠方，在對岸，只能嚮往，不能達到，從而表達一種悅慕和嚮往之情。錢先生並用但丁《神曲》中「美人隔河而笑，相去三步，如隔滄海」等詩例加以說明。那麼這種企慕心境在創作中有何好處呢？

1. 設置可望而不可即的境界能夠增加嚮往之情，增加詩的張力。這可從《古詩十九首》中的《迢迢牽牛星》和《西廂記》第二折【混江龍】「系春心情短柳絲長，隔花陰人遠天涯近」等例子看得出來。《史記‧封禪書》記載道士用「企慕心理」的方法虛構了可望而不可即的「海

上三神山」，難怪騙得秦始皇非到東海尋找不可。[2]

2. 具有象徵意蘊，使詩作更具內涵和價值。《蒹葭》中的「伊人」象徵著人類的美好的理想，主人公的追求象徵著人類對理想的追求。人類的歷史正是一部不斷自我完善，不斷向理想境界靠攏而永遠不能到達彼岸的歷史。海明威《老人與海》正是具有如此深刻的象徵意蘊而獲得諾貝爾文學獎的。

2.《史記‧封禪書》記方士言「（三神山）未至，望之如雲；及到，三神山反居水下，臨之，風輒引去。……未能至，望見之焉。」

（二）關於《小雅‧車攻》中「同時反襯現象」的闡釋

《車攻》是一首抒寫周宣王到東邊敖山狩獵（含有軍事演習性質）的詩，全詩8章，第7章抒寫狩獵歸來大營整肅的景象。錢先生對其中「蕭蕭馬鳴，悠悠旆旌」兩句別具會心，認為是以動襯靜，以馬的嘶鳴聲和旗幟的飄動聲反襯營地的靜謐和隊伍的整肅，並用心理學中的「同時反襯現象」（138頁）加以說明，從而揭示該詩句的對立統一關係。在此基礎上，錢先生提出文學創作的兩條重要的規律，他說：「詩人體物，早具會心。寂靜之幽深者，每以得聲音的襯托而愈覺其深；虛空之遼闊者，每以有事物點綴而愈見其廣。」第一條我們好理解，深夜大廳裡鐺鐺的鐘聲顯得夜特別寧靜。此外，如王籍《入若耶溪》：「蟬噪林逾靜，鳥鳴山更幽。」杜甫《題張氏幽居》：「伐木丁丁山更幽。」等；第二條規律是以小襯大（包括廣）而使大更大，鮑照《蕪城賦》是抒寫廣陵（今

揚州市）遭受戰亂之後的慘狀的：「直視千里外，唯見起黃埃。」以小小的黃塵反襯廣陵的千里荒漠。而更典型的是王維《使至塞上》的「大漠孤煙直」，烽火台燃起的那股直上雲霄的濃煙反襯大漠的浩瀚無邊。補充一例，杜甫《旅夜書懷》的「星垂平野闊」也是「同時反襯現象」在創作中的運用。錢先生的研究表明，能夠揭示心靈奧秘的文學作品往往比較深刻，創作與欣賞都需要辯證的眼光。錢先生的心理美學具有辯證精神，於此可見一斑。

（三）關於《邶風・靜女》「移情」的心理闡釋

「移情」是創作心理學一個重要的概念，它認為美感的產生是由於人們在審美時，把自己的情感投射到審美對象上去；或者是，審美者設身處地與審美對象融為一體，達到物我同一。李白《敬亭山》「相見兩不厭，只有敬亭山」，辛棄疾《賀新郎》「我見青山多嫵媚，料青山見我應如是」，杜牧《贈別》「蠟燭有心還惜別，替人垂淚到天明」，周邦彥《六丑・薔薇》「長條故惹行客，似牽衣帶話，別情無極」等都是好例。

「移請說」是由19世紀德國美學家利普斯等人提出來的，而在《詩經》時代，我們聰慧的先民早就運用於創作之中。而最早運用「移情說」於《詩經》闡釋的正是錢先生。《邶風・靜女》是首愛情詩，當男子接收到心愛的人從牧場帶來的一支茅草時讚嘆道：「匪女（汝）之為美，美人之貽。」錢先生認為《毛詩正義》的解釋，把「詩明言物以人重」，卻解釋成「物重於人」是錯誤的，是顛倒

好惡的，正確的解釋應該是「此詩人之至情洋溢，推己及他。我而多情，則視物可以如人（T-thou），體貼心印」（86頁）。錢先生正是運用移情說便該詩得到正確而明白的論釋的。

我們認為「移情」的運用在《召南・甘棠》也獲得成功，相傳召伯曾在甘棠樹下斷案，持正秉公，後人愛屋及烏，用《甘棠》詩表達對那棵甘棠樹的愛惜之情。從而傳達了人們對召伯的敬仰和懷念。由此被後人贊為「千古去思之祖」（吳闓生《詩義會通》）。杜甫《古柏行》：「君臣已與時際會，樹木猶為人愛惜」抒寫了對諸葛亮的懷念與仰慕；辛棄疾《浣溪沙》：「自笑好山如好色，只今懷樹更懷人」寫思念友人，都有著《甘棠》的影響。

（四）關於《小雅・正月》的「心理空間」的闡釋

從物理學的角度講，時間的長短，空間的大小，都具有一定的客觀性。然而由於人的情感的主觀性，同一時間或空間的主觀感覺並不一樣。《王風・采葛》：「一日不見，如三秋兮」是心理時間的抒寫；而《小雅・正月》：「謂天蓋高，不敢不局（彎曲著身）；謂地蓋厚，不敢不蹐。」其意是，老天很高遠，可我不敢不彎腰；大地很厚實，可我不得不小步走。錢先生認為這段抒寫與《小雅・節南山》「我瞻四方，蹙蹙（狹小）靡所騁。」一樣，都是「國治家齊之境地寬以廣，國亂家哄之境地仄以逼。此非幅員（空間）、漏刻（時間）之能殊。乃心情際遇到之有異耳」（140頁）。說明境地的寬窄，全由心造。錢先

生指出，《詩經》中「心理空間」的抒寫具有較高的表現力，後人常用，李白《行道難》：「大道如青天，我獨不得出。」杜甫《逃難》：「乾坤萬里內，莫見容身畔。」柳宗元《乞巧文》：「乾坤之量，包容海岳，臣身甚微，無所投足。」孟郊落第後寫道：「出門即有礙，誰謂天地寬。」（《送崔純亮》），而中舉後寫道：「春風得意馬蹄疾，一日看盡長安花。」空間的寬窄隨心情的不同而不同。錢先生還用王爾德名劇的一個情節，有人勸女主角逃往國外說：「世界偌大。」女答說：「大非爲我也，在我則世界縮小如手掌爾，且隨步生荊棘。」該例說明了「心理空間」的運用具有普適性，適合於悲劇心理的藝術表現。

此外，錢先生還寫了《通感》專論（見《七綴集》），並對《關雎序》中「聲成文謂之音」進行「通感」（Synaesthesia）的闡釋（59頁）。他還以孔子論《詩經》的「詩可以怨」爲題寫了《詩可以怨》專論（見《七綴集》）總結出好詩往往是愁苦之音的宣洩等心理規律。

二、有關《詩經》接受心理的闡釋

所謂接受心理的闡釋，是指對於所論的文學現象，從讀者的視角，描述接受過程中的心理活動，並加以心理學的闡釋。

（一）有關「情感價值」與「觀感價值」的引進與運用

所謂「情感價值」（Gefuhlswert）是指情感刺激之後產生的聯想，所謂「觀感價值」（Anschaungswert）是指用理性關照之後的直覺。這兩個心理學概念是錢先生第一次從西方語言學家和美學家艾爾德曼（K、O、Krdmann）引進並運用於《詩經》的闡釋的。《鄭風‧有女同車》：「有女同車，顏如舜花。」惲敬《大雲山房文稿》認為詩中的「舜」即「蕣」（木槿花），其色黑，用它形容女子面貌之美不當。他還認為《陳風‧東門之枌》中紫赤色的「荍」（錦葵花）形容害羞則可，描繪女貌則非。錢先生認為用黑色或紫色描繪女子的面貌是古今詩文慣常用法。《史記‧趙世家》有用紫色的苕花形容美貌女子的，《左傳》也有「玄妻」之說。古羅馬摹寫女人紅暈也用「紫羞」。他認為用紫色、黑色或「杏臉桃頰」、「玉肌雪膚」等形容詞，只有「情感價值」而無「觀感價值」，如果人們在欣賞文學作品時，只用「觀感價值」，那麼女子的臉和桃杏一模一樣，這個女子豈不成了怪物，或患有惡疾的人嗎？《衛風‧碩人》用「蠑首蛾眉」來寫衛莊姜之美，如果太坐實，莊姜頭上豈不「蟲豸蠢動，不復成人矣」（106頁）。錢先生在《讀〈拉奧孔〉》中也提到，他說：

十八世紀寫景大家湯姆森在《四季》詩裡描摹蘋果花，有這樣一句：「紫雨繽紛落白花」，「白」是實色，「紫」是虛色，歌德的名言：「理論是灰色，生命的黃金

樹是碧綠的」；「黃金」那裡又會是「碧綠呢」？這裡的「黃金」，正如「黃金時代」的「黃金」，是寶貴美好的意思，只有「情感價值」，沒有「觀感價值」；換句話說，「黃金」是虛色，「碧綠」是實色，假如改說：「落花如雨炫人眼」或「人生寶貴油然綠」，也就乏味減色了。（《七綴集》41頁　上海古籍出版社　1994年版）

錢先生的研究告訴我們，在鑒賞詩文時，要著重領會詩文的情感價值，以藝術的眼光看待藝術語言。不能猶如參禪，死在句下。

（二）關於「意識腐蝕」的闡釋

「意識腐蝕」是西方心理學的一個概念，是指觀察事物時，不是從實際出發，而以文本或記憶為依據的思維方式，妨礙對現實的體認。《衛風·淇奧》：「瞻彼淇奧，綠竹猗猗。」說明春秋時代衛國淇水邊上盛產竹子，而酈道元《水經注》已經明確記載該地不再有竹子。而高適《自淇涉黃河途中作》之四：「南登滑台上，卻望河淇間，竹樹夾流水，孤村對遠山。」明顯是受《淇奧》的影響而作。所以錢先生指出：「殆以古障眼，想當然耳。」（89頁）歐陽修《採桑子》的結句：「垂下簾櫳，雙燕歸來細雨中」是傳頌的名句，但明顯從謝朓《和王籍怨情》：「風簾入雙燕」，馮延巳《採桑子》：「日暮疏鐘，雙燕歸棲畫閣中」等借鑒而來，並不說明歐陽修當時有雙燕歸來。再補一例，晏幾道《臨江仙》：「落花人

獨立，微雨燕雙飛。」被譚獻評爲：「名句千古，千古不能二」（《譚評詞辨》卷一），

3.其詩爲：「又是春殘也，如何出翠帷？落花人獨立，微雨燕雙飛。」

其實它是從五代翁宏《春殘》中移植過來的。[3]基此，錢先生認爲：

1.「從古人各種著作裡收集自己的詩歌的材料和詞句，從古人的詩裡孳生出自己的詩來，把書架子和書箱砌成；一座象牙之塔……可以使作者喪失了對具體事物的感受性，對外界視而不見，恰像玻璃缸裡的金魚，生活在一種透明的隔離狀態裡。[3]這是從創作的角度對「意識腐蝕」消極面分析的。

2.而從接受的角度講，錢先生說：「詩文風景物色，有得之當時目驗者，有出於一時興到者，出於興到，固屬憑空向壁，未宜緣木求魚。得之目驗，或因世變事遷，亦不可守株待兔。」（90頁）這一理論對我們鑒賞詩文也是一副清醒劑，要求我們對具體作品做具體分析，同時說明生活眞實與藝術眞實是有所區別的。

（三）關於「感覺情調」的闡釋

《周南・桃夭》：「桃之夭夭，灼灼其華。」《傳》：「夭夭，少壯也。」錢先生認爲《毛傳》的解釋並不恰切，並根據《說文》等材料論證「夭夭」即「笑笑」（71頁），並用李商隱《嘲桃》：「夭桃唯是笑，舞蝶不空飛」、李白《古風》：「桃花開東園，含笑誇白

日」、豆盧岑《尋人不遇》：「隔門借問人誰在，一樹桃花笑不應。」和安迪生（Joseph Addison）言：「各國語文中有二喻不約而同，以花喻愛情，以笑喻花發」等例加以說明。所謂「感覺情調」，是指人們在觀察外物時，其知覺順序總是先感知事物的整體結構，用錢先生的話說：「見面即覺人的美醜或傲巽（驕傲與謙順），端詳乃辨識其官體容狀；當堂即覺家之雅俗或侈儉，審諦乃察別其器物陳設。」（71頁）他認為《桃夭》的「花笑」是符合於「感覺情調」的，正如《小雅·節南山》：「節彼南山，維石巖巖」，先感覺南山的整體氣象，再看到南山的石頭的形態。[4]

> 4.此外，李白《菩薩蠻》：「寒山一帶傷心碧」，杜甫《滕山亭子》第一首：「清山錦石傷心麗」，在描寫美景時為何用「傷心」這樣的字眼呢？錢先生指出：「心理學即所謂人感受美物，輒覺胸隱然痛，心怦然躍，背如冷水澆，眶有熱淚滋等反應。」（949頁）說明美感與痛苦有一定的心理聯繫。

　　關於接受心理，《管錐篇》中還有「興趣定律」值得一提，南北朝時代的虞龢《論書表》說：「凡書雖同在一卷，要有優劣。今此一卷之中，以好者在首，下者次之，中者最後。所以然者，人之看書，以銳於開卷，懈怠於將半，既而略進。次遇中品，賞悅留連，不覺終卷。」錢先生指出：「體察親切，苟撰我國古心理學史，道及『興趣定律』『注意事項』者，斯其權輿（開始）乎？（1323頁）我們認為，他所揭示的「興趣定律」不僅有助於我國古代心理學史的研究，而且對我們書目、報刊、演出的編排，都有參考價值。

三、有關《詩經》普通心理的闡釋

(一)關於「睹草木而生羨」心理的闡釋

古人說，人是萬物之靈，莎士比亞也說：「人類是一件多麼了不起的傑作，多麼高貴的理性！多麼偉大的力量！多麼優美的儀表！多麼文雅的舉動！在行為上多麼像天使，在智慧上多麼像一個天神！宇宙的精華，萬物的靈長。」（《哈姆雷特》中的台詞）然而《檜風・隰有萇楚》的詩人卻很反常，羨慕起長得茂盛的萇楚（羊桃樹）的「無知」、「無家無室」來，這是為什麼呢？錢先生指出：「萇楚無心之物，遂能天沃茂盛，而人則有身之患，有待為煩，形役神勞，為憂用老，不能長保朱顏青鬢，故睹草木而生羨也。」（128頁）說明該詩是人生痛苦的一種特殊的表達。他還引用了後代的詩例加以說明，姜夔《長亭怨慢》：「樹若有情時，不會得青青如許。」鮑溶《秋思》：「我憂長於生，安得及草木？」韋莊《台城》：「無情最是台城柳，依舊煙籠十里堤。」戴敦元《餞春》：「春與鶯花都做達，人如木石定長生。」等，我們補充一例，《紅樓夢》113回：「紫鵑：算來竟不如草木石頭，無知無覺，倒也心中乾淨。」該詩屬於變態心理的範疇，錢先生的研究，說明變態心理在文學創作中有用武之地。

(二)關於「兄弟之親勝過夫婦之親」的心理闡釋

《邶風・谷風》是首著名的棄婦詩，當棄婦看到原

夫新婚時唱道：「宴爾新婚，如兄如弟。」如果按照現代的心理，夫婦之親超過兄弟之親，《谷風》所寫新婚的夫妻恩愛如同兄弟之親，豈不要寫夫妻的親密反而疏遠了嗎？錢先生從民俗心理的角度加以闡釋，他說：「益初民重『血族』（kin）之遺意也。就血胤論之，兄弟，天倫也；夫婦則人倫耳，是以友於骨肉之親，當過於室家之好。新婚而『如兄如弟』，是結髮而連枝。人合而如天親也。觀《小雅·棠棣》『兄弟』之先於『妻子』，較然可識。」（84頁）並用中西許多例子加以說明，《三國演義》15回，劉備云：「兄弟如手足，妻子如衣服。衣服破，尚可縫，手足斷，安可續？」鄭廷玉《楚昭公》第三折，船小浪大，必須有人下水，昭公夫人曰：「兄弟同胞共乳，一體而分。妾乃是別性不親，理當下水。」他還引用莎士比亞劇中一人聞妻死去的消息很痛苦，旁人寬慰道：「故衣敝矣，世多裁縫，可制新好著。」約翰·唐（John Donne）說教云：「妻不過夫之輔佐而已，人無重其拄杖如脛股（大腿和小腿）者。」這裡的「脛股」比喻天倫之骨肉之親。

　　烏鴉今天被看作不祥的凶鳥，錢先生通過對《小雅·正月》「瞻烏爰止，於誰之屋」的考證，認為在周代是吉祥的象徵，落在誰家會給誰家帶來好運（139頁）。他的研究說明不懂民俗心理讀不懂《詩經》，《詩經》的民俗研究是一個值得開拓的領域。

（三）有關「當其舍時，純作取想」心理的闡釋

《衛風・木瓜》：「投我以木瓜，報之以瓊瑤」，《大雅・抑》：「投我以桃，報之以李。」錢先生認爲後者是送禮與回報相等，而前者則是送的薄而回報的厚。然而在人情世故中，還有一種「小往而責大來」，「送禮大可生利」的情況，《史記・滑稽列傳》記載淳于髡笑話希望豐收的農民拿著小量的酒和豬蹄祈求上蒼保佑，是「所持者狹，而所欲者奢。」這裡講的是祭祀心理；又引張爾歧《濟陽釋迦院重修記》中諷刺求佛並兼人情世態的是：「希冀念熾，懸意遙祈，當其舍時，純作取想，如持物予人，左予而右索，予一而索十。」（100頁）這段話對求神和送禮的心理的揭示可謂入木三分。錢先生曾說，學說應該有補於人心、人世。該則的闡釋，對我們認識送禮心理很有好處，特別對當官的更有提醒的意義。

（四）關於「黃昏生愁」的心理闡釋

《王風・君子于役》是一首婦女思念久役不歸的丈夫的詩，揚之水《詩經別裁》評論道：「《詩》常在風中雨中寫詩，《君子于役》卻不是，甚至通常以『興』和『比』也都沒有，它只是用了不著色澤的，極簡極淨的文字，在一片安寧中寫詩。」很有道理。而錢先生卻認爲該詩最大特色是選擇了在黃昏之時抒寫思念與憂愁這一視角，他欣賞許瑤光對該詩的詩評：「雞棲於桀下牛羊，飢渴縈懷對夕陽，已啓唐人閨怨句，最難消遣是昏黃。」（《再讀詩經二十四》之一）並認爲許瑤光是《君子于

役》的大解人（101頁）。那麼「黃昏生愁」有何心理依據呢？錢先生說：「蓋死別生離，傷逝懷遠，皆於昏黃時分，觸緒紛來，『最難消遣』」。所謂「觸緒紛來」，是說人們在黃昏時候，最容易觸景生情，正如詩中主人公看到牛羊下山，雞兒回窩，而丈夫卻久久不能回家團圓，怎能不悲傷不已呢？為了揭示黃昏與悲愁的聯繫，錢先生用司馬相如《長門賦》、潘岳《寡婦賦》、白居易《閨婦》、趙德麟《清平樂》：「斷送一生憔悴，只消幾個黃昏和丁尼生（Tennyson）詩寫女子懷想所愛「不舍晝夜，而最憎薄暮日落之際」等例加以說明。我們可以補充幾例，李清照《聲聲慢》「梧桐更兼細雨，到黃昏點點滴滴，這次第，怎一個愁字了得」；《紅樓夢》中的《紅豆曲》「睡不穩紗窗風雨黃昏後，忘不了新愁與舊愁。」謝冰瑩《黃昏》「最難過的是黃昏，最有詩意的也是黃昏。」等，我們了解了黃昏與悲愁的關係，對馬致遠《天淨沙·秋思》中的「昏鴉」和「人家」的意象才會有更深的理解。[5]

此外，對《魏風·陟岵》中「客思家而家人也想自己」的心理闡釋（113頁）；對

5. 如果我們懂得黃昏和愁思的心理聯繫，對《天淨沙·秋思》這支元曲將會有更深切的體會。首句由三個意象枯藤老樹昏鴉組合而成的畫面，「昏鴉」是畫面的中心點，其意是說，夕陽西下的時候，荒野上的烏鴉有歸宿，而我這個漂泊者連烏鴉都不如。第二句用「小橋、流水、人家」這三個意象描繪出幽靜的美麗的山景，畫面中心是「人家」，意思是在這黃昏時候，山村的「人家」正在吃晚餐，享受天倫之樂，我這個遊子不如別人，有家難歸。第三句古道西風瘦馬，三者的中心是瘦馬。以馬寫人，抒情主人公在外奔波，以致於馬也瘦了。那麼騎在馬上的人也會因勞苦和思念也消瘦憔悴。

《王風・采葛》中「官場憂懼進讒」心理的闡釋（102頁）；對《鄭風・狡童》「見多情易厭，見少情易變」愛情心理的闡釋（109頁）；對《衛風・氓》中古代「女子比男人專貞」心理的闡釋（94頁）；對《檜風・山有樞》「及時行樂」的心理闡釋（200頁）；對《鄭風・女曰雞鳴》「黎明怨別」的心理闡釋（105頁）；對《陳風・衡門》「隨緣自足」的心理闡釋（125頁）等，對《詩經》和我國心理學研究都很有價值。

四、錢先生研究的主要特色

　　十八、十九世紀之後，隨著美學的正式創立和發展，審美活動中的心理闡釋成為文學研究的一個重要的側面。從世界學術的眼光看，自古典哲學解體之後，歷史學派是19世紀人文學科的主流，而20世紀則由心理學派所取代。可以預言，21世紀應該是這兩個學派在各自發展後的統一。而錢先生對《詩經》的心理學闡釋，是符合世界學術發展趨勢的。從《詩經》研究史的角度看，以寇淑慧編《二十世紀詩經研究文獻目錄》為例，竟然沒有一篇《詩經》心理分析的專論。如果說《詩經》是先民情感心理的一塊綠洲，那麼錢先生是這塊綠洲的開拓者，同時也說明，文學研究和心理學的結合，必將有助於提高作家的藝術表現力和讀者的審美鑒賞力。那麼錢先生研究的特色主要表現在哪裡呢？

（一）扎根於《詩經》文本之中

錢先生認為文學中的心理研究必須首先從作品的實際出發，而僅僅搬弄一些新奇術語，故弄玄虛，對解決實際問題沒有好處。他曾提及南宋有個蜀妓，寫給她情人一首《鵲橋仙》：「說盟說誓，說情說意，動則春愁滿紙，多應是念得《脫空經》，是哪個先生教的？」對這種「脫空經」我們見得還少嗎？美國學者E・潘諾夫斯基說：「如果說，沒有歷史的例證，藝術理論將永遠是一個抽象世界的貧乏綱要；如果沒有藝術理論方向，藝術史將永遠是一堆無法系統表達的枝節。」錢先生正是從作品的實際出發結合理論闡釋的，例如他認為1.《鄭風・子衿》：「縱我不往，子寧不嗣音？」其心理是「薄責己而厚望於人」；2.《鄭風・褰裳》：「子不我思，豈無他人」其心理是「強顏自解」；3.《鄭風・丰》：「悔予不送兮！」其心理是「自怨自艾。」並指出：「這三首詩開創後世言情心理描寫的三種類型」（110頁）。在當代文學理論研究中，人們大多在《文心雕龍》、《詩品》、《原詩》等著作中討生活，錢先生從《詩經》等文學作品中提煉出許多鮮活的藝術理論，這個研究方向是值得學習的。

（二）從心理分析入手，探索藝術規律

錢先生的研究只是把心理分析作為一種手段，落腳點則在探求「詩心文心」。即文學藝術的規律。《王風・君子于役》是首寫一位婦女思念久役在外的丈夫的詩。今人揚之水《詩經別裁》評論道：「《詩》常在風中雨

中寫詩，《君子于役》卻不是，甚至通常以興」和『比』也都沒有，他只是用了不著色澤的，極簡極淨的文字，在一片安寧中寫思。」[4]這是很好的藝術分析。而錢先生看重的是該詩所表達的「暝色起愁」的心理，他指出：「蓋死別生離，傷逝懷遠，皆於黃昏時分，觸緒紛來，所謂最難消遣。」（101頁）《君子于役》的思婦正是在黃昏時刻看到牛羊和雞都有個歸宿，從而引起對不能回家的丈夫的思念與悲傷的。他並用司馬相如《長門賦》、潘岳《寡婦賦》、韓偓《夕陽》、趙德齡《清平樂》和丁尼生（Tennyson）「詩寫懊儂懷想歡子，不舍晝夜，而最憎恨日落之際」等例，說明「取景造境，亦《君子于役》之遺意」（102頁）。他還說皇甫冉《歸渡洛水》：「暝色起春愁」，王安石改「起」爲「赴」是不懂愁與暝色之間的心理聯繫所造成的誤解。如果我們懂得黃昏與愁思之間的心理聯繫，謝冰瑩《黃昏》中的「最難過的是黃昏，最有詩意的也是黃昏」等詩句定會有更深的理解。

（三）「鄰壁之光，堪借照也」

我國文化的研究生態，有一個不足，即熟悉傳統文化的學者大多不了解外國的學術：了解外國文化的學者，大多不熟悉傳統文化。而錢先生則有兩者兼顧的優長，（有人統計《管錐篇》所徵引的英、法、德、意、西、拉丁語的作者多達千人，著作近兩千種）他常說：「鄰壁之光，堪借照也。」（166頁）他在堅守傳統文化的同時，借重了國外的學術文化，從「他者」的立場出發，反觀自身以

求得對自身更全面更深入的了解，這種研究方向為我們提供了榜樣。除文中提及的「情感價值與觀感價值」、「意識腐蝕」、「企慕心理」等外，還有「造藝幻想」（938頁）、「雜糅情感」（227頁）、「比鄰聯想」（531頁）、「情感相反而後轉」（204頁）等都很有價值。當代文學理論研究不是存在著「失語症」嗎？錢先生提出的許多理論命題，既是一副糾正「失語症」的良方，又可以充實我國的理論寶庫。寫在這裡，筆者忽發奇想，藝術沒有國界，世界詩學早晚要應運而生，在中西藝術理論中尋找共同點，不也在為世界詩學的建立「來吾導夫先路」嗎？當代科學史表明：探索物質世界和人的心理結構的深層結構的奧秘是當今學術研究的熱點，從這個意義上講錢先生的研究帶有方向性的價值。

參考文獻

[1] 朱狄。當代西方美學〔M〕。北京：人民文學出版社，1987。

[2] 錢鍾書。錢鍾書散文〔M〕。杭州：浙江出版社，1997。

[3] 錢鍾書。宋詩選注〔M〕。北京：人民文學出版社，1982。

[4] 揚之水。詩經別裁〔M〕。南昌：江西教育出版社，2000。

錢鍾書先生全球視野下的《詩經》研究

錢鍾書先生的《管錐編》寫作於閉關鎖國的文化大革命期間，書中大量地引用西方的文化成果，有學者統計，書中徵外國文學、藝術、哲學、心理、宗教、歷史、社會乃至軍事著作達八百餘家，一千多種。相傳法國總統希拉克讚揚錢先先具有「全球意識」，並在給楊絳信中稱讚錢先生是偉人，向錢先生鞠躬致敬。[1]這說明錢先生不僅屬於中國，也是屬於世界的。那麼錢先生為什麼要花那麼多精力到西方去尋求借鑒呢？因為從「他者」的立場反觀自身才能求得對自身的更全面更深入的體認。蘇軾《題西林壁》詩，從哲學的層面看，就是要構成一種外在的觀點，一種遠景思維空間。下面結合錢先生在《管錐編》中有關《詩經》的研究對這一問題進行深入剖析。

一、有關文辭的闡釋

文辭闡釋是《詩經》學的基礎工程，又是《詩經》學的生長點，錢先生的《詩經》研究正是從這裡起步的。

（一）《衛風‧氓》：「士之耽兮，猶可說也；女之耽兮，不可說也。」（94頁，下面凡是《管錐編》只注頁數）

詩中「說」應如何解釋呢？朱熹《詩集傳》認為是「說明，辯解」的意思。孔穎達《毛詩正義》則解釋為「解脫」，即寬解擺脫之意。從詩歌「語涵雙關」的角度講，兩種解說都可通。錢先生的貢獻則在於深入分析舊時代男人沉溺於愛情中容易解脫而女人則不容易。他在引用明人院本《投梭記》「常言道：男子癡，一時迷，女子癡，沒藥醫」之後，引用了法國斯太爾夫人（Madamedestde staël）的名言：「愛情於男是生涯中一段插話，而女則是生命之全書」，和古羅馬奧維德名篇和拜倫致其情婦（Tersa Guicciolt）詩句加以印證，使我們對舊時代男女不同生活狀況和心理狀態有更真切的體會。

（二）《邶風‧谷風》：「宴爾新婚，如兄如弟」（83頁）

《邶風‧谷風》是首著名棄婦詩，當被遺棄的妻子看到原夫宴爾新婚時唱道：「宴爾新婚，如兄如弟。」用現代的觀念看，夫妻情比兄弟情更親，而這裡卻用兄弟之情形容夫妻的恩愛，豈不要親密反而疏遠嗎？錢先生指出：「蓋初民重血族（Kin）之遺意也。就血胤論之，兄弟，天倫也；夫妻則人倫耳；是以友於（兄弟）骨肉之親當過於刑於（指夫妻）室家之好。」《三國演義》第十五回：「劉備說：『兄弟如手足，妻子如衣服；衣服破，尚可縫，手足斷，安可續』」，西方也有同樣的例證，

其一，莎士比亞劇中寫一丈夫聽信讒言，派人前去刺殺妻子，妻子嘆道：「我乃故衣，宜遭扯裂。」其二，約翰・唐（John Donne）說教云：「妻不過之輔佐而已，人無重其拄杖如其脛股（大腿和小腿）者。」其三，莎士比亞劇中一人聞妻子死訊，勞人勸慰之日：「故衣敝矣，世多裁縫，可制新好著？」

（三）《周南・汝墳》：「未見君子，惄如調（朝）飢。」（73頁）

這句意思是，好久沒有見到心愛的丈夫到來，好比沒吃早餐那樣飢餓難耐。詩人為什麼要用飢餓比喻情愛的飢渴呢？錢先生引用了曹植《洛神賦》「華容婀娜，令我忘餐」，李後主《昭惠周后誄》「實日能容，壯心是醉；信美堪餐，朝飢是慰」等例之後，又引證了費爾巴哈「愛情乃心與口之啖噬」等例，說明兩者在生理快感有相通之處，才有如此新穎的比喻。此外，用17世紀法國詩人所作《犬塚銘》來詮釋《召南・野有死麕》「無使尨（狗）也吠」；用西洋名詩句「為情甘憔悴，為情甘辛苦」詮釋《衛風・伯兮》「願言思伯，甘心首疾」等，都能加深對《詩經》本體的體認，從而把文辭詮釋作為探究文學現象乃至精神現象的一個起點。

二、藝術技巧的詮釋

抒情詩是表達人的思想情感的，但情感無所不在而

又高度複雜，這就要求在表達時注重藝術技巧。可以這樣說，《詩經》的許多藝術技巧是由錢先生首先「瞥見」的。

（一）比喻的二柄

所謂「比喻之二柄」是指一個比喻往往具有褒貶、善惡、正反等對立的兩極。錢先生提出這一修辭格，除了借鑒先秦法家慎到、韓非的「二柄說」之外，更從斯多葛派哲人所言「萬物各有二柄，人手當擇所執」參照而來。《大雅・旱麓》：「鳶飛戾天，魚躍於淵。」《大雅・四月》：「匪鶉匪鳶，翰飛戾天；匪鱣匪鮪，潛逃於淵。」這兩首詩都用「鳶」作比喻，用法恰好相反，「彼言得意遂生，此言遠害逃生。又貌同心異者。」（142頁）為了說明這種比喻的特徵，錢先生還指出，在英語和意語中，都有「使鐘表停止」的喻詞，意大利一小說云：「此婦人能使鐘表停止不行」，這是讚美婦人之美貌，猶如宋之問《浣紗篇》中讚頌西施美貌時所說：「鳥驚入松網，魚畏沉荷花。」而英國一劇本則說：「然此間有一婦人，其容貌足使鐘表不行。」譏諷其容貌之醜，這就好像《孤本元明雜劇》中《女姑姑》禾旦自道其醜時所說，驢見驚，馬見走，駱駝見了翻筋斗。」此外，錢先生認為《召南・桃夭》「桃之夭夭」就是「桃之笑笑」，並用安迪生（Joseph Addison）嘗言，「各國語文中有二喻不約而同，以火喻愛情，以笑喻花發，未見其三。」（72頁）借用安迪生的理論，就使「桃之夭夭」的新解有了著落，也更顯示《詩經》作者的藝術創造力。

（二）丫叉句法（66頁）

《大雅‧卷阿》：「鳳凰鳴矣，于彼高岡；梧桐生矣，于彼朝陽。萋萋萋萋，雍雍喈喈。」

這段關於鳳凰和鳴的描寫很美，姚際恆評之「鏤空之筆，不著色相，斯爲至文」。那麼這段至文是怎麼構成的呢？錢鍾書先生從古希臘修辭學中得到啓發，認爲這是一種丫叉句法（chiasmus）。指句中應承次序與「呼應次序相反，其作用是讓文字錯綜流動，具有結構的圓美。例如王安石《晚春》：「春殘葉密花枝少，睡起茶多酒盞疏。」詩中「密」與「少」屬當句對，「密」與「多」、「少」與「疏」是成聯對，而「多」緊承「少」，「疏」遙應「密」，屬丫叉句法。示圖於下：

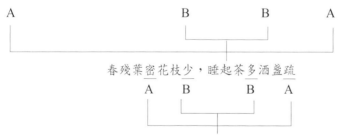

民歌《二月天》：「做天難作二月天，蠶要暖和麥要寒；種田哥哥要落雨，養蠶姑娘怕陰天」也是丫叉句法的好例。

（三）章法闡釋

1. 《齊風‧雞鳴》舊說首章「雞既鳴矣」二句，二章「東方明矣」二句爲夫人警君之詞，而以首章「匪雞則

鳴」二句，二章「匪東方則明」二句為詩人伸說之詞。錢先生認為應作「男女對答之詞，更饒情致」（111頁），屬於對話體結構，並為當代學者所接受。為了說明這種章法特徵，他用《羅密歐與朱麗葉》中著名陽台告別作比勘：「女曰『天尚未明，此夜鶯啼，非雲雀也。』男曰：『雲雀報曙，東方雲開透日矣。』」這一比勘，確能收到使《齊風・雞鳴》章法更加顯豁的效果，而且更加生動有趣。

2.《周南・卷耳》一般的解釋是首章為婦人思念外出的丈夫；二、三、四章為外出丈夫思念家中的妻子。這種說法有一個矛盾無法解決，即一首詩中妻子和丈夫都自稱「我」。由此錢先生認為《卷耳》為「同時情事詩」（68頁），並用西方當代「嗒嗒派」（dada）所創的「同時情事體詩」和《名利場》中寫滑鐵盧大戰的結語：「夜色四罩，城中之妻子方祈天保夫無恙；戰場上之夫僕臥，一彈穿心，死矣」等例加以印證。

（四）詩歌情境的開拓

藝術描寫人生，人生有各種境況，上升為藝術就形成各種情境。例如《北夢瑣言》記載徐月英詩：「枕前淚與階前雨，隔個窗兒滴到明。」這是最早把淚和雨結合構成情景的詩。後世白仁甫《梧桐雨》第四折唐明皇唱詞：「斟酌來這一宵雨和人緊廝熬。伴銅壺，點點敲；雨更多，淚不少。雨滴寒梢，淚染龍袍。不肯相饒，共隔著一樹梧桐直滴到曉。」宋人曹揆《謁金門》：「伴我枕頭雙淚濕，梧桐秋雨滴。」這種用淚與雨同滴所構成的悲傷情

景，把情感外物化，收到良好的效果，錢先生在《詩經》研究中也給予關注。

1. 送別情境

《邶風‧燕燕》：「瞻望弗及，佇立以泣。」宋人許顗《彥周詩話》：「眞可以泣鬼神矣！張子野長短句云：『眼力不如人，遠上溪橋去』；東坡與子由詩云：『登高回首坡壟隔，惟見烏帽出覆沒。』皆遠紹其意。」這種送別情境後代寫得很多，錢先生認爲宋人左緯《送許右丞至白沙，爲舟人所誤，詩以寄之》「水邊人獨自，沙上月黃昏」，後來居上。他還引用莎士比亞戲劇中女主人送夫遠行的一段：「極目送之，注視不忍釋，雖眼中筋絡迸裂無所惜；行人漸遠漸小，纖若針矣，微若蟻蠓（一種比蚊子還要小的昆蟲）矣，消失於空濛矣，已矣，回眸而啜其泣矣。」（78頁）加以參證。說明送別的悲哀有著共同的「詩心」。

2. 「跼天蹐地」情境

《小雅‧正月》：「謂天蓋高，不敢不局（跼，捲曲著身子）；謂地蓋厚，不敢不蹐（小步走）。」意思是：我們說這天很高，可我不敢不彎腰；我們說這地很厚，可我不敢不輕步走。這就反映了詩人特定境遇下的痛苦之情。同時也把當時國家昏亂，民不聊生景況呈現出來。日本萬葉時著名詩人山上憶良《貧窮問答歌》：「雖云天地廣，何以我偏狹，雖云日月明，何以照我天無焰？」也是這種情境的抒寫。錢先生舉了歌德名篇（Faust）寫一女

主角被囚，其情人憑依魔鬼法力使牢門大開，而女主角卻謝絕出獄，並說：「我何出爲？此生無所望已！」又舉王爾德名劇中勸女主角逃亡異國，曰：「世界很大很大」，女答曰：「大非爲我也，在我則世界縮小如手掌小爾，而且隨步生荊棘。」（141頁）有了西方兩則材料作佐證，我們對「跼天蹐地」這一《詩經》所開創的情境不是體會更加深入了嗎？

3. 企慕情境

《秦風·蒹葭》：「所謂伊人，在水一方；溯洄從之，道阻且長；溯游從之，宛在水中央。」錢先生在引用陳啓源「夫悅之必求之，然惟可見而不可求，則慕悅益至」之後，指出：「二詩（兼指《周南·漢廣》）皆西洋浪漫主義所謂企慕（Sehnsucht）之情境也。」（123頁）並提及這個企慕情境不光在中國詩中不斷出現，而且在維吉爾、但丁、德國古民歌和鄧南遮的作品中反覆出現。

所謂企慕情境，是指它表現所渴望追求的對象在遠方，在對岸，形成可望而不可及的境界。舊說《蒹葭》的作者是秦襄公未能用周禮，或說賢人難求，都與該詩詩旨不合，錢先生應用西方文藝心理學原理加以重新詮釋，顯然高出一籌。企慕情境反映了人類不安於現狀，不斷完善自我，不斷追求，不斷向理想境界靠攏的心態，具有較高審美價值。

三、關於《詩經》詩學的闡釋

《詩經》詩學研究是薄弱環節，至今仍停留在「詩言志」「六義說」「美刺說」等舊命題的詮釋與論爭上。有人針對這種現象提出「失語症」的批評，可謂打中當代詩學研究的要害。錢先生說「鄰壁之光，堪借照也」，對《詩經》詩學的開拓，也應借助於「鄰壁之光」。

（一）觀感價值與情感價值

《鄭風・有女同車》：「有女同車，顏如舜華。」有學者認為，詩中的「舜華」就是木槿花，其色黑，用它形容女子顏面之美不當。錢先生指出，用「黑色」或「紫色」來描繪女子的顏容之美，是古今中外詩文慣常手法。《史記・趙世家》：「美人熒熒，顏若苕之榮。」《集解》：「其華（花）紫。」《左傳》有「玄妻」之說，《舊約全書・沙羅門情歌》有女子「黑而美」之說，文藝復興情詩，每每讚頌「黑美人」。為了講清這個問題，他第一次引進西方語言學和美學家艾爾德曼（K.O.Erdrnan）使用的「情感價值」與「觀感價值」這兩個概念加以區分。指出人們如果欣賞作品只用「觀感價值」，那麼讀《衛風・碩人》中的「螓首蛾眉」豈不姜莊的頭上盡是蟲子在頭上爬嗎？（106頁）前日聽相聲，說古代美人柳葉眉，櫻桃小口，楊柳細腰。那不是美女而是妖精。這也是只用「觀感價值」而不用「情感價值」所犯的錯誤。**1**

1. 錢先生在《讀〈拉奧孔〉》一文中說：「十八世紀寫景大家湯姆遜在《四季詩》時描摹蘋果花。有這樣一句：『紫雨繽紛落白花』；『白』是實色，『紫』是虛色。歌德的名言：『理論是灰黑的，生命的黃金樹是碧綠的』；『黃金』那裡會『碧綠』、『綠』呢？這裡的『黃金』正如『黃金時代』或『黃金容顏』的『黃金』，是寶貴、美好的意思，只有『情感價值』（Cefühs Wert），沒有「觀感價值」（Ansehaungs Wert）。換名話說，『黃金』是虛色，『碧綠』是實色。假如改說：『落花如雨白晶瑩』或『人生寶樹油然綠』，也就乏味減色了。」蘇軾詠牡丹名句「一朵妖紅翠欲流」，明明是「紅」牡丹，怎麼又「翠」了呢？原來「翠」只有「情感價值」而沒有「觀感價值」，說明區分兩者多麼重要。

（二）藝術真實與生活真實

《衛風・河廣》：「誰謂河廣，曾不容刀。」《周商・漢廣》：「江之永矣，不可方思。」為什麼長江黃河的寬狹如些懸殊呢？錢先生認為詩中的寬狹不是實景而是由詩人主觀情感所決定的，由此提出藝術真實與生活真實的區別問題。他認為詩作中由於情感表達的需要，對所作的誇張和文飾不能坐實當真。有位著名史學家據唐詩中「斗酒十千」和「斗酒三百」考訂唐代酒價的漲落或酒質的優劣是錯誤的。其實說「斗酒十千」是為了「誇富」，說「斗酒三百」是為了「示貧」，如果不知藝術真實與生活真實的區別，那是「丞相非在夢中，君自在夢中耳」（98頁）[2]。為了說明兩者的區別，他引用了亞里士多德最早提出的

2. 杜甫有詩句：「我欲相就沽斗酒，恰有三百青銅錢。」唐代另一詩人崔國輔也有詩句：「與沽一斗酒，恰用十千錢。」清人王夫之《薑齋詩話》中開玩笑地說：在杜甫那里買酒，再到崔國輔那里去賣，豈不可賺三十倍的錢。這一例子也說明藝術真實不等於生活真實。又如有人批評白居易《長恨歌》中與唐明皇逃難經過峨嵋山不符合歷史實際，長生殿不是談情說愛的地方等等。

詩文語句非同邏輯命題，無所謂眞僞的論述；錫德尼（Philipsidney）謂詩人不確語，故亦不誑語；維果亦謂「詩歌之眞」非即「事物之實」等西方理論加以闡發。（98頁）

（三）闡釋之循環

　　戴震《東原集》卷九《古經解鉤沉序》說：「經之至者道也，所以明道者，其詞也。所以成詞者，未有能外小學文字者也。由文字以通乎語言，由語言以通乎古聖賢之心志，譬如適堂壇之必循其階而不躐等。」戴氏的理論，我們可以稱之爲「循階論」，反映了乾嘉樸學的最高成就，然而錢先生認爲這個理論只講了一半，由此，他借用西方闡釋學的「闡釋循環」（Derhermen-eutisehezirkel）加以補充和修正，他說：

　　乾嘉樸學（指文字學）教人，必知字之詁，而後識句之意，識句之意，而後通全篇之義；進而窺全書之指，雖然，是特一邊耳。亦只初桄（指線圈中的第一圈）耳，復須解全篇之義乃至全書之指（「志」），庶得以定某句之意（「詞」）。解全句之意，庶得以定某字之詁（「文」）。……積小以明大，而又舉大以貫小；推末以至本，而又探本以窮末；交互往復，庶幾乎義能圓足以免於偏枯，所謂闡釋之循環者是矣。（171頁）

　　如果把戴震的階進法圖式爲：

字→句→篇→書旨

那麼錢先生的闡釋循環可圖式爲：

錢先生這一理論不僅有助於《詩經》的詮釋，也適用於古代文獻的詮釋，並可以作爲方法論，以研究歷史及各種社會現象。即「自省可以忖人，而觀人亦資自知；鑒古足佐明今，而察今亦裨識古。」錢先生的研究表明：有價值的理論具有普適性，借鑒西方的理論以建立環球視野下的《詩經》詩學是必要的，而且是可能。[3]

---

3. 在中國古代。「詩」字是一個多義詞，其中有「之」與「持」這兩個相反相成的含義。「之」往也，指情感的抒發；「持」止也，指感情的抒發要有所節制。由此錢先生提煉出一個創作的理論問題——快適度。他說：「夫『長歌當哭』而歌非哭也。哭者感情之天然發洩，而歌者，情感之藝術表現也。『發』而能『止』，『之』而能『持』，則抒情通乎造藝，而非徒以宣洩爲快，如西人所嘲『靈魂之便溺』矣。『之』與『持』一縱一控，一送一斂，相反而相成。」（58頁）這使我們想起古羅馬文藝理論家郎加納斯相關的一段話：『那些巨大激烈情感，如果沒有理智的控制，而任其自己盲目的輕率的衝動所操縱，那就會像一只沒有了壓艙石而漂流不定的船那樣陷入危險。它們每每需要鞭子，但也需要韁繩。』鞭子比喻情感的抒發，韁繩比喻情感的控制，也是相反相成的。

此外，錢先生寫了《詩可以怨》的專題論文，文章中他旁徵博引，用大量資料說明中國和西方都認爲最動人的是表現哀傷和痛苦的詩，揭示了創作主體的內心痛苦是悲劇藝術魅力形成的動力因素。

四、餘論

　　王國維先生在20世紀初就指出：「異日發明光大我國之學術者，必在兼通世界學術之人，而不在一孔之陋儒。」然而現實中真能深入了解東西方文化的學問家並不多，西方有影響的大學問家幾乎沒有一個精通中國文化的，而研究傳統文化的學者對西方文化又很有隔膜，因此學貫中西而又博古通今的錢先生是王國維所期待的人選。他的經驗證明，《詩經》要取得突破，必須具有全球的視野，否則將難以超越前賢。

　　縱觀近百年的中國文化史，在對待西方文化的問題上爭論是異常激烈的，有的人承認西方的物質文明可以吸取，但對西方的文化則要另眼看待。錢先生曾經回憶在1931年他和陳衍先生的一次談話。當陳先生知道錢先生到英國學習的是文學後說：「文學何必向外國去學呢？咱們中國文學不就很好麼？」[2]陳老先生的觀點代表著老一輩文人的共同看法。然而許多有識之士反對這種故步自封的觀點，郭沫若先生就曾說：「他從小就熟讀《詩經》，但絲毫也沒有感到他的美感。只是在讀了美國詩人朗費羅（Longfellow）的詩後，才感到了同樣的清新，同樣的美妙。」[3]可惜郭老沒從這個角度進行深入研究，而由錢先生擔負起來了。他的研究代表著當代學術的發展方向。它再次證明：不同文化之間的互相激發，是文化發展的重要動力。從世界史角度講，希臘學習埃及，羅馬借鑒希臘，阿拉伯參照羅馬帝國，中世紀的歐洲仿效阿拉伯

等，正是這種互相學習與借鑒才使世界文明得到長足的發展。羅素的名言，文化之間的交流是人類文明發展的里程碑，再次得到證實。從中國歷史看，唐代正是「取塞外野蠻精悍之血，注入中原文化頹廢之軀」（陳寅恪語）才取得空前的輝煌。嚴羽在《滄浪詩話》中以禪喻詩，標舉妙悟，許多禪宗的概念和術語融入詩歌理論，從而使我們古典文論更加豐富多采。從文學研究的角度講，正是西方理論的融入，爲中國文學研究打開新的思路，提供新的視角，有助於發掘新材料，提出新問題。錢先生以自由馳騁的思想衝決一切封閉的精神牢籠，開闢了新的學術空間，泰戈爾詩云：「星光散去夜兒遙遙，召喚從深處傳來：『人啊，拿出你的燈來。』」錢先生正是借助心中一盞智慧之燈，照亮了《詩經》許多不爲人知的角落。爲我們帶了一個好頭。當然，我們要達到錢先生那樣的學術境界並不容易，但唯其難，才值得我們去努力實現理想目標。

在《圍城》裡寫到三閭大學有一位教育部派來指導的官員，崇洋思想嚴重，談話中平均每分鐘有一句半「兄弟在英國的時侯」。這就提出一個問題，在學習西方文化中如何避免媚外的西崽習氣。在這方面，錢先生也是我們的榜樣。他曾經用一位哲學家席尼察（Seneca）的話說：「博覽群書而匠心獨運，融化百花而自成一味，皆有來歷而別具而目。」這就是說，關鍵是「匠心獨運」發揮主體的能動作用。好比吃飯，經過自己的消化而轉爲自身的營養，好比蜜蜂採百花而通過自己的消化力，把它釀成蜜，不像蜘蛛只會從自己的腹中吐出絲來織網。黑格爾是一位

偉大的哲學家，但他對中國文化缺乏了解，他曾說漢語不宜思辨，因爲其中沒有融會相反二意的字，如德國「奧伏赫變」（Allfhehen，翻譯爲揚棄）。錢先生用許多例子批評他「無知而掉以輕心，發爲高論，又老師巨子之常態慣技。」（2頁）

　　法國當代比較權威艾登堡說：「沒讀《西遊記》正像沒讀過托爾斯泰或陀斯妥也夫斯基一樣，這種人侈談小說理論可謂大膽。」[4]這就說明文學作品中相似現象的出現，更多是取決於文學自身的特有規律，而這些規律中西往往相貫通的。由此，西方文學理論可以說明中國文學，反過來說，中國的詩學也可以說明西方的文學，並可補充西方理論之不足。錢先生正是這樣做的，他在引述了亞里士多德、錫德尼、布魯諾、維柯和現代批評家理查茲等論述文學描寫的「虛而非僞」（95-98頁）的同時，也舉出中國文學中許多誇張和虛寫的例子加以印證。他的互相激發，是在西方文化映發下，使中國古老的智慧獲得當代性，又在中國古典思辯的接應下，使西方的理論獲得新的生長點。

　　比較文學的研究通常有兩種模式，一是影響研究，一是平行研究。而平行研究是研究不同文化體系的異同，以幫助我們認識人類文學乃至人類文化的基本規律，這種比較唯其是在不同的文化背景下進行的，得出的結論就更有普遍意義。錢先生的《詩經》研究也是一種平行研究，研究中西共同的「詩心」和「文心」。但是平行研究

還有「異」的比較這一重要方面[4]，發現西方的相通之處，自然可會心一笑，但發現東西方的異質之處，也是智慧的收獲。不可諱言，錢先生的異質之處的比較很少，不能不說是美中不足。1993年，美國比較文學學會會長查爾斯‧伯恩海默在題爲《世紀轉折點上的比較文學》的報告中，特別強調「比較學者應對所有民族文化之間的巨大差異保持敏銳的體察，因爲正是這種差異爲比較研究和批評理論提供了基礎。」[5]可惜錢先生已經仙逝，這個缺陷應由後來者加以塡補。[5]

4.東西方文化差異是很明顯的。中國表示時間的順序「年—月—日」而，西方則是「日—月—年」；中國表示空間的順序是「郡—縣—鄉」，而西方空間順序是「鄉—縣—郡」；女媧搏土造人是沒有姓名的一群人，而西方上帝造出的是亞當和夏娃。說明東方強調的是整體性而西方強調的是個性、分析性，具有質的區別。

5.應該強調的是，錢先生的全球視野不光表現在《詩經》研究上，而是貫串於其他的文藝研究之中。在《詩可以怨》中，引用尼采的「把母雞下蛋的啼叫和詩人的歌唱相提並論，都是痛苦使然。」在《談藝錄序》中聲言：「頗采二西之書，以供三隅之反。」在《漢譯第一首英語詩〈人生頌〉及有關二三事》一文中，認爲最早介紹到中國的西洋文學作品不是林紓翻譯《巴黎茶花女遺事》（1899年），而方濬師翻譯美國詩人郎費羅（Longfellow）的《人生頌》，當時翻譯的目的不是要供中國人借鑒和欣賞，而是想鼓勵外國人學習中國文化。這對了解中西文化交流史是有助益的。

參考文獻

[1] 李明生。文化崑崙〔M〕。北京：人民文學出版社，1999。

[2] 錢鍾書。林紓的翻譯〔A〕。七綴集〔C〕。上海：上海古籍出版社，1985。

[3] 郭沫若。我的作詩的經過〔A〕。沫若文集〔C〕。北京：人民文學出版社。

[4][5] 樂黛雲。比較文學與比較文化十講[M]。上海：復旦大學出版社，2004。

錢鍾書先生對《詩經》修辭學的拓展

「修辭」一詞出自《易經・文言》：「君子進德修業。忠信所以進德也。修辭立其誠。所以居業也。」這裡的「修辭」，主要指修整文教及個人修養，與現代意義的修辭不同。現代意義的修辭，主要是研究如何運用各種語文材料和表現方式，使語言表現得更加準確、鮮明、生動有力。[1]《詩經》是我國第一部詩歌選集，它體現了先民的智慧和藝術創造力。其修辭方式不但豐富多彩，而且成熟程度也令人驚嘆。達・芬奇有句名言，凡是能夠到源頭去取泉水的人絕不喝壺中的水。讓我們跟隨錢先生去領略《詩經》修辭的風采，並以此滋潤我們文化藝術的心田。[2]

1. 《大雅・板》：「辭之輯矣，民之洽矣；辭之繹（醳，頹喪）矣，民之莫（瘼）矣。」意思是，人民發出的言論溫和，說明人民的心情和平順暢。人民發出的言論哀傷頹喪，可知人民的心情痛苦不堪。《小雅・抑》：「白圭之玷，尚可磨也；斯言之玷，不可為也。」意思是，白玉圭上的瑕疵，還可以加工磨掉，說出口的言論，是不能磨掉的。《小雅・雨無正》：「巧言如流，俾躬處休。」意思是，乖巧的言語像水那樣流利，能使他處於美善的境地。《小雅・巧言》：「巧言如簧，顏之厚矣。」意思是，取巧的言論好像演奏笙簧那樣動聽，臉皮之厚，不知羞恥。以上可謂我國最早的修辭論，值得人們重視。

2. 陳望道《修辭學發凡・結論》指出：「古來留傳給我們的詩話、文談、隨筆、雜記、史記、經解之類，偶然涉及修辭的，又多不是有意識地去作修辭論，它們論述的範圍，照例是飄搖不定，每偶爾涉及，忽然又颭開了。」

一、有關修辭格的研究

（一）比喻

　　錢先生很重視比喻，他曾說：「比喻是文學語言的根本。」（《讀〈拉奧孔〉》）這個說法與亞里士多德「比喻是天才的標識」有異曲同工之妙。在《詩經》修辭格的研究中，比喻是他著力最多、成果最突出的部分。

1. 比喻的二柄

　　所謂「比喻之二柄」，是指一個比喻具有褒貶、善惡、正反等對立的兩極。錢先生提出這個修辭格是從斯多葛派哲人所言「萬物各有二柄，人手當擇所執」以及先秦法家慎到、韓非的「二柄」說借鑒過來的。例如「秤」可用於比喻公平允當，無成見私心。《論衡·自紀》：「如衡（秤）之平，如鑑（鏡子）之開。」諸葛亮《與人書》：「吾心為秤，不能為人作輕重。」但也可用於比喻「心之失正，人之趨炎」。周亮工《書影》：「佛氏有『花友』、『秤友』之喻，花者因時為盛衰，秤者視物為低昂。」（《管錐編》第38頁，以下見《管錐編》只注頁數）在《詩經》中也有許多有關的用例。《鄭風·有女同車》「有女如雲」《箋》：「有女謂諸見棄者也，『如雲』者，如其從風，心無有定。」這是用「雲」的隨風飄蕩比喻蕩婦無貞操可言。而陶淵明《歸去來兮辭》用「雲無心而出岫」的「雲」來讚美高士的風標。一個比喻一貶一褒，即為雲之二柄（112頁）。《大雅·旱麓》：「鳶飛戾天，魚躍於淵」，《大雅·四月》：「匪鶉匪鳶，

翰飛戾天，匪鱣匪鮪，潛逃於淵。」兩首詩都用鳶喻，用法相反。「彼言得意遂生，此言遠害逃生，又貌同心異者。」（142頁）錢先生還指出，衣服也有二柄，一為顯耀，一為遮蓋。《邶風‧雄雉》是一首在家的婦女思念外出丈夫的詩，詩中「瞻彼日月，悠悠我思。」也有比喻的二柄。太陽和月亮此起彼伏，比喻妻子和丈夫不能團圓；太陽和月亮高高在上，比喻丈夫可望而不可及。

2. 比喻之多邊

錢先生認為比喻既有二柄，還有多邊。為什麼有多邊呢？他說：「蓋事物一而已，然非止一性一能，遂不限於一功一效。取譬者用心或別，著眼因殊，指同而旨則異；故一事物之象可以子立應多，守常處變。」（39頁）這就是說事物的性能的多樣性決定著作用的多樣性，決定著比喻的多邊。例如「水月」一喻可有：1.比喻可望而不可即，《紅樓夢》第五回仙曲《枉凝眉》：「一個枉自嗟呀，一個空勞牽掛，一個是水中月，一個是鏡中花。」2.比喻平等普及，朱松《謁普照寺》：「是身如皎月，有水著處現。彈指遍大千，何止數鄉縣。」3.比喻皎潔不滅，光景常新。李白《溧陽瀨水貞義女碑銘》：「明明千秋，如月在水」等（40頁）讚揚忠貞女子品性如水月那樣皎潔長存。在《詩經》研究中，錢先生指出《邶風‧柏舟》中的「鑒（鏡子）」也有兩邊：1.比喻涵容，《邶風‧柏舟》：「我心匪鑒，不可茹（包容）也。」2.比喻洞察，善辨美惡。《淮南子‧原道訓》：「夫鏡水之與形接也，不設智故，而方圓曲直勿能逃也。」「前者重其

明，後者重其虛，各執一邊。」另外，《詩經》運用反比也很生動眞切。《小雅・何草不黃》：「匪（非）兕匪（非）虎，率（循著）彼曠野，哀我征夫，朝夕不暇。」寫征夫終年在外行役，其行蹤和棲息地反而跟野獸一般，其痛苦之情可想而知，錢先生評之爲「語愈危苦」。

3. 博喻

什麼是博喻？錢先生說：「一連串把五花八門的形象來表達一件事物的一個方面或一種狀態。這種描寫和襯托的方法仿佛是採用了舊小說裡講的『車輪戰法』，連一接二的搞得那件事物應接不暇，本相畢現，降伏於詩人的筆下。」博喻的源頭即出自《詩經》，《邶風・柏舟》：「我心匪鑒，不可茹（容納）也……我心匪石，不可轉也，我心匪席，不可捲也。」用三個比喻描繪心理的各個側面，從而突出地表現了忠於愛情的堅定決心。《小雅・斯干》：「如跂斯翼，如矢斯棘，如鳥斯革，如翬斯飛。」程俊英翻譯爲：「端正有如人企立，齊整有如利箭急，寬廣好似鳥展翼，華麗賽過錦毛雞。」[2]詩人用四個比喻描繪周王宮殿的飛動之美，是很眞切的，這種飛動之美，已成爲我國古代建築藝術的一個重要特點。我們還可補充一例。《大雅・常武》第五章：「王旅嘽嘽（眾盛的樣子），如飛如翰（高飛），如江如漢，如山之苞（攢聚），如川之流。綿綿翼翼，不測（測度）不克（戰勝）。濯（大）征徐國。」姜南《學圃餘力》：「如飛，疾也；如江，眾也；如山，不可動也；如川，不可禦也；綿綿，不可絕也；翼翼，不可亂也；不測，不可

知也；不克，不可勝也。」連用四個比喻把王師勢不可擋的氣勢描繪得淋漓盡致。說明我們先民的藝術思維能力已達到相當高的水平。後代博喻寫得好的有宋代賀鑄《青玉案》：「若問閒情都幾許？一川煙草，滿城風絮，梅子黃時雨。」也很成功。既寫出閒愁之多，又點明春末夏初時節，更增添愁腸。[3]

3. 錢先生還首創「曲喻」這一辭格。因曲喻要比一般比喻拐一個彎，故稱曲喻。例如李商隱《天涯》詩：「鶯啼如有淚，為濕最高花。」黃鶯的啼鳴怎能濕潤花呢？原來由鶯啼轉為啼哭，啼哭自然有淚水，淚水自然能濕潤花朵了。李賀《天上謠》：「銀浦流雲學水聲」，銀河裡的流雲怎麼會有水聲呢？詩人把雲的流動聯想到水的流動，水有聲音，流雲自然有聲音了。李賀《秦王飲酒》詩：「劫灰飛爐古今平」，「劫」是時間中的事，「平」是空間中的事；然而劫既然有灰，那麼時間亦如空間可以掃平了。請見錢鍾書《談藝錄》第51頁，中華書局1984年版。

（二）烘襯

《小雅・車攻》是首描寫周宣王會同諸侯舉行田獵的詩，其中第七章寫田獵前的氣氛：

蕭蕭馬鳴，悠悠斾旌。徒御不驚，大庖不盈。

前兩句錢先生引述《毛傳》：「言不喧嘩也。」並引李德裕《文章論》「千軍萬馬，風恬雨霽，寂無人聲」來申述《傳》意，並說：「陸象山《語錄》：『蕭蕭馬鳴，靜中有動』；『悠悠斾旌』，動中有靜，亦能窺二語烘襯之妙。」（137頁）說明《車攻》是烘襯這一修辭的一個很早的好例。後世王籍《入若耶溪》：「蟬噪林愈靜，鳥

鳴山更幽」，王維《鳥鳴澗》：「月出驚山鳥，時鳴春澗中」等，都是從《車攻》脫化而來的。更可貴的是，在此基礎上，總結出一條描寫幽靜與遼闊的修詞法則：「詩人體物，早具會心。寂靜之幽深者，每以得聲音襯托而愈覺其深；虛空之遼廣者，每以有事物點綴而愈見其廣。」前者已如前述，後者如鮑照《蕪城賦》：「直視千里外，唯見起黃埃。」《還都道中作》：「絕目盡平原，時見遠煙浮。」和王維《使至塞上》：「大漠孤煙直，長河落日圓。」平原上或沙漠上因有埃飛煙起而「愈形曠蕩荒涼」（138頁）。這種深入細致的藝術概括是一般人難以達到的。一般說來，烘襯有兩種，一種是反襯，以動襯靜就是顯例；另一種是正襯，這是錢先生所未提及的。所謂正襯，是把兩種相似的事物加以襯托（反襯用相反事物），如人們常說的誰說黃連苦，我比黃連苦十分。用黃連之苦正襯命苦。《邶風·谷風》是首著名的棄婦詩，當抒情主人公被拋棄時，悲憤地唱道：「誰謂荼苦，其甘如薺」，也是用苦菜的苦來正襯身之苦的。賈島《渡桑乾》：「客舍並州已十霜，歸心日夜憶咸陽。無端更渡桑乾水，卻望並州是故鄉。」寫思念並州正是烘襯對咸陽的思念的。

（三）雙關

所謂雙關，是指用詞造句時，表面上是一個意思，而暗中隱藏著另一個意思。《漢書·蒯通傳》記載蒯通說韓信：「相君之面，不過封侯，又危而不安。相君之背，貴而不可言。」張晏注：「言背者，背叛則大貴。」可見脊背

之「背」雙關著背叛之「背」。錢先生對該辭格的貢獻是：
1.找出雙關的最早用例。《陳風‧澤陂》：「彼澤之陂，有
蒲與蕑」《箋》：「『蕑』當作『蓮』芙葉實也，比喻女之
言信。」《正義》：「蓮是荷實，故喻女言信實。」錢先生
指出，六朝《子夜歌》：「蓮子何能實。」《楊叛兒》：
「眠臥抱蓮子」等「莫非蓮『實』示信『實』之類，音義雙
關也。」（126頁）而古代許多研究雙關的書，如馮夢龍所
輯《山歌》、洪邁《容齋隨筆》、趙翼《陔餘叢考》等「均
未溯《三百篇》」。2.指出雙關具有同邊二柄的特徵。高文
秀《襄陽會》雜劇第一折劉琮設宴招待劉備，而暗伏刀斧
手。劉琦舉席上果子曰：「叔父，你看這桌上好棗，好桃，
好梨。」棗、桃、梨雙關「早逃離」，然而，古代還有以棗
爲「早聚會」，以梨爲「休拋離」的雙關，如《百花亭》第
三折王煥唱：「這棗子要你早聚會，這梨條休著俺拋離」。
具有同邊二柄的形態。3.錢先生在「雙關」的基礎之上，提
出了「虛涵數意」的命題。所謂「虛涵數意」即「一字多意
的同時合用」。「虛涵數意」
與字典中的多義詞不同，字典
中的多義在運用中只能一字一
義，而在文學作品中，允許一
詞多義而同時合用，形成意義
的混含，從而豐富語言的表達
功能。一首含義豐富的詩歌，
就像一顆多面體的寶石，從不
同的角度可以看到光的不同折
射和色彩的不同組合。**4**

4.《豳風‧東山》：「滔滔不
歸」，既指出征地域之遙
遠，又指離家時間之長。又
如《古詩十九首》中的《行
行重行行》有「相去日已
遠，衣帶日已緩」的詩句，
詩中的「遠」字即有時間長
久和空間遙遠的混含；賀知
章《詠柳》「碧玉妝成一樹
高，萬條垂下綠絲絛」中的
「碧玉」即有柳樹由碧玉妝
飾而成和柳樹猶如碧玉女的
亭亭玉立形象。

（四）通感

　　所謂通感，是指視覺、聽覺、觸覺、味覺等感覺器官彼此相互溝通的一種修辭手法，也是錢先生首先提出來的。《關雎・序》：「聲成文，謂之音。」毛《傳》：「宮商上下相應。」《正義》：「使五聲爲曲，似五色成文。」意思是，五種樂音交錯成爲美妙的音樂，好像五種色彩織成的花紋。錢先生指出，「成文爲音」是通耳於眼，比聲於色」是視覺與聽覺相通的「通感」（59頁）。爲此，錢先生還專門寫了一篇《通感》專論（見《七綴集》，上海古籍出版社版63頁）認識這種修辭格對我們創作與鑒賞都相當重要。因爲通感可以使意象的表象陌生化，從而具有新鮮感，並能使意象增添詩意。如「幾個明星切切如私語」，朱自清《荷塘月夜》：「微風過處，送來縷縷清香。仿佛遠處高樓上渺茫的歌聲似的。」

　　宋祁《玉樓春》名句：「紅杏枝頭春意鬧」。李漁《窺詞管見》中加以嘲笑：「此語殊難著解。爭鬥有聲之謂『鬧』：桃李『爭春』則有之，紅杏『鬧春』，余實未之見也。『鬧』字可用，則『吵』字、『鬥』字、『打』字皆可用矣。」這是李漁不懂得「通感」這一修辭手法而講的錯話。其實在古詩詞中，用「鬧」描繪花之繁盛是常用的。如晏幾道《臨江仙》：「風吹梅蕊鬧，雨細杏花香。」毛滂《浣溪沙》：「水北煙寒雪似梅，水南梅鬧雪千堆。」范成大《立秋後二日泛舟越來溪》之一：「行人鬧荷無水面，紅蓮沉醉白蓮酣。」等都可證明。值得一提

的是，「通感」在西洋詩文裡也常見，荷馬史詩中名句：「像知了坐在森林中一棵樹上，傾瀉下百合花也似的聲音。」聽覺和視覺在這裡相互轉換，也是「通感」的一個好例。又如約翰·唐恩的詩：「一陣響亮的香味迎著你父親的鼻子叫喚。」帕斯科理的名句「碧空裡一簇星星噴噴喳喳像小雞似的走動。」（參見《七綴集》）。

（五）象聲與煉字

　　錢先生認為象聲有兩種形態。1.純為擬聲的，如小孩用「汪汪」學狗叫。2.擬聲達意的。如竇鞏《憶妓東東》：「惟有側輪車上鐸，耳邊長似叫東東。」鐸聲和妓名合二而一，擬聲達意。以第二種形態為「難能見巧」，更為可貴（117頁）。一般修辭著作每當提到象聲，總要講到劉勰《文心雕龍·物色》中一段論述：「故『灼灼』狀桃花之鮮，『依依』盡楊柳之貌，『杲杲』為日出之容，『漉漉』擬雨雪之狀，『喈喈』逐黃鳥之聲，『喓喓』學草蟲之韻」。以上例子均出自《詩經》，錢先生認為劉勰把「依依」「灼灼」等狀物詞混同於「喈喈」「喓喓」等象聲詞，是「思之未慎爾」，犯了一個修辭學上的錯誤。這種慎思明辨的研究是值得學習的。

　　此外，對《詩經》的煉字，錢先先也有獨特的看法。所謂「煉字」，是指依據題旨和情境的要求，經過反復選擇和提煉，最後選取最佳用字的修辭技法。「吟安一個字，捻斷數莖鬚」，說明先輩們非常講求這一修辭方法。

然而，一般講「煉字」的，大多從曹植講起[5]，很少涉及《詩經》，錢先生慧眼獨具，指出《小雅‧小弁》：「我心憂傷，惄焉如擣。」（擣，舂撞，程俊英翻譯為「憂傷痛苦不堪言，猶如棒鎚把心擣」）「可稱驚心動魄，一字千金」

5. 曹植確實講求煉字，如《箜篌引》：「驚風飄白日，光景馳西流」中的「飄」字，《公宴》詩：「秋蘭被長阪，朱華冒綠池」中的「被」字和「冒」字選用得很好，對後代有影響。又如杜甫詩中「風急春燈亂，江鳴夜雨懸」的「懸」字，「爽攜卑濕地，聲拔洞庭湖」的「拔」字等等。

（153頁）。一個「擣」字確實把悲痛欲絕的情狀描繪得形象傳神。錢先生還批評焦循推崇《小弁》中的「掎」字，黃道周推崇《秦風‧小戎》中的「陰靷」（陰：車軾前的橫板；靷：引車前進的皮帶）等是「《詩》自有連城之璧，而黃（道周）、焦（循）徒識珷玞（似玉的美石）爾。」

二、句法研究

（一）Y叉句法

所謂Y叉句法，是指句子中應承次序與呼應次序正好相反。其作用是讓文字錯綜流動，具有結構的圓美。《詩經‧關雎序》：「是以《關雎》樂得淑女以配君子，憂在進賢，不淫其色。哀窈窕，思賢才。」錢先生在指出「哀」訓「愛」之後說：「哀窈窕」句緊承『不淫其色』句，『思賢才』句遙應『憂在進賢』句，此古人修詞一法。如《卷阿》：『鳳凰鳴兮，于彼高岡；梧桐出兮，

于彼朝陽：萋萋（枝葉茂盛）菶菶，雍雍（鳥的鳴聲）喈喈』以『菶菶』句近接梧桐而以『雝雝』句遠應鳳凰。《史記・老子、韓非列傳》：『鳥吾知其能飛，魚吾知其能游，獸吾知其能走，走者可以為罔（網），游者可以為綸（釣絲），飛者可以為矰（一種用絲繩繫住以便於射飛鳥的短箭）……亦皆先呼後應，有起必承，而應承之次序與起呼之次序適反。」（66頁）這裡引用的與《詩經》有關的兩例，可示圖於下：

錢先生揭示的Ｙ叉句法對我們賞析古代詩文有所幫助。例如王安石《晚春》：「春殘葉密花枝少，睡起茶多酒盞疏。」詩中的「密」與「少」屬當句對；「密」與「多」、「少」與「疏」是成聯對；而「多」緊承「少」，「疏」遙應「密」，又屬Ｙ叉句法，在整齊中體現出一種流動的圓美。6

6.應用Ｙ叉句法的還有謝靈運《登池上樓》：「潛虯媚幽姿，飛鴻響遠音；薄霄愧雲浮，棲川慚淵沉」；杜甫《大曆三年春自白帝城放船出瞿塘峽》：「神女蜂娟妙，昭君宅有無；曲留明怨惜，夢盡失歡娛。」又《兵車行》：「信知生男惡，反是生女好。生女猶得嫁比鄰，生男埋沒隨百草。」

（二）句型研究

句型研究是句法修辭研究的重要組成部分，因為句子的排列組合的好壞，會影響整體美和使用效果。錢先生的研究主要集中在特殊句式上。《鄭風‧叔于田》：「巷無居人，豈無居人，不如叔也，洵美且仁。」這是一個「豈無⋯⋯，非無⋯⋯無⋯⋯」的句型。後代《韓非子》的《有度》和《三守》等均有所仿效，然而學習得最好的要數韓愈《送溫處士赴河陽軍序》：「伯樂一過冀北之野而馬群遂空，非無馬也，無良馬也。」（104頁）《小雅‧正月》：「民今之無祿，天夭是椓；哿矣富人，哀此窮獨。」《傳》：「哿，可也。」《正義》：「可笑富人，猶有財貨以供之，哀哉此單獨之民，窮而無告。」王念孫認為舊注是錯誤的，「哿」應訓為「嘉」快樂之意。錢先生不以為然，認為這是一個「⋯⋯，尚可⋯⋯」句型，《漢書‧王莽傳》：「寧逢赤眉，不逢太師，太師猶可，更始殺我。」儲光羲《野田黃雀行》：「窮老一頹舍，棗多桑樹稀。無棗猶可食，無桑何以衣。」《水滸傳》第六回：「你在東時我在西，你無男子我無妻。我無妻時猶閒可，你無夫時好孤凄」等例，「莫不承轉控送，即『哿矣富人，哀此窮獨』之句型」（143-144頁）。

三、章法研究

（一）重章法

錢先生認爲《詩經》的重章有兩種形態：

1. 重章之換詞申意者。如《召南・草蟲》全詩三章，只換個別語詞而情意相似（75-76頁）。

2. 重章之循序漸進者。如《召南・摽有梅》共有三章，用梅子落地的越來越多，暗喻女子青春的逐漸消逝，從而對追求她的小夥子的要求也越來越低。《鄭風・狡童》只有兩章也是層層遞進的。錢先生是這樣分析的：「乃共食之時，不俅不睬；又進而並不與共食，於是『我』餐不甘味而至於寢不安席。」（109頁）[7]

---

[7].褚斌傑先生在談及《詩經》重章修辭效用時說：「只換掉了少數幾個字，反復地歌唱。這樣有什麼好處呢？就是可以盡情地把自己的感情抒發出來。因為一遍還不能表達自己的感情，要兩遍，三遍才行，乍一看是重複，實際上在表達感情上起了很大的作用。」（《智慧的感悟》第203頁，華夏出版社）這個看法相當好，如果再看到還可借重章以表現心靈的動態性就更全面了。

（二）三章法

這是錢先生從歌詩的視角來分析《詩經》的章法的，《唐風・綢繆》即屬於這一種。首章是女的獨唱，稱男子爲「良人」，次章爲男女合唱，「故曰『邂逅』，義兼彼此」；末章爲男的獨唱，稱女子爲「粲者」。「單而雙，雙復單，譬之歌曲的『三章法』。」（120頁）《詩經》原本是詩樂合一的，從歌詩的視角研究前人做過，但很不

夠，值得繼續拓展與深化。

（三）揣度擬代法

《鄘風‧桑中》的題旨過去有兩種截然相反的看法，《詩序》認爲是一首諷刺淫奔者的詩，朱熹則認爲是「淫者自狀其醜」。錢先生認爲朱熹的看法並不正確，《桑中》採用的是代言體：「設身處地，借口代言，詩歌常例。貌若現身說法，實是化身賓白，篇中之『我』非必詩人自道。」李煜《菩薩蠻》是首描寫偷情的詞：「奴爲出來難，教郎恣意憐。」李煜是爲宮女代言的。「男子多作閨閣體」是詩詞中常用的修辭手法，人們讀後代詩詞，能夠「了然於撲朔迷離之辯，而讀《三百篇》時，渾忘揣度擬代之法（87頁）。是不利於《詩經》的研究與理解的。我們認爲懂得「揣度擬代法」很重要，《離騷》中出現了「余」，許多研究者把靈均和屈原等同起來，把《離騷》定爲自傳體的敍述詩。把《離騷》中「攝提貞於孟陬兮」作爲考訂屈原的生年日月的主要依據，這種把高樓建在沙灘上的作法並不可靠。

（四）倩女離魂法

什麼是倩女離魂法？這是由傳說故事中倩女靈魂脫身而出再回到本體而得名。錢先生說：「分身以自省，推己以忖他：寫心行則我思人乃想人必思我，如《陟岵》是，」（114頁）說明《魏風‧陟岵》是這一修辭方式的最早代表。錢先生還借用釋典「懸鏡」的比喻來說明這

種手法：猶如甲鏡映照乙鏡，而乙鏡又照映甲鏡之照映乙鏡，交互輝映，以臻其妙。這種倩女離魂法有二種基本形態：

1. 空間離魂法，即在此地想異地之思此地。如《魏風・陟岵》，白居易《望驛台》。

2. 時間離魂法，即今日想他日之憶今日。溫庭筠《題懷貞池舊遊》，呂本中《減字木蘭花》等（116頁）。[8]而李商隱《夜雨寄北》則是首創二種離魂法的合而為一，就空間而言，指的是此地（巴山），彼地（西窗）。此地（巴山）的

> 8.白居易《望驛台》：「雨處春光同日盡，居人思客客思家。」溫庭筠《題懷貞池舊遊》：「誰能不逐當年樂，還恐添為異日愁。」呂本中《減字木蘭花》：「來歲花前，又是今年憶昔年。」劉禹錫《拋球樂》詞：「春日早見花枝，朝朝恨花遲。及見花枝後，卻憶未開時。」

往復回環；就時間而言，是寫時當今日而想他日之憶今日，即今宵，他日，今宵的回環往復。是李商隱獨特的創造。

值得一提的是，《圍城》中方鴻漸赴佳人約會前一段對鏡自照的描寫：

早上出門前就打扮好了。設想自己是唐小姐，用她的眼光來審定著衣鏡裡自己的儀表。回國不到一年，額上添了許多皺紋，昨天沒睡好，臉色眼神都萎靡黯淡。……

這段描寫正是倩女離魂法在小說中的應用，可看作學習《詩經》修辭的成果。

四、理論研究

（一）用詞造句既傳神，又自然天成，是《詩經》修辭的 最高境界

　　《小雅・採薇》：「昔我往矣，楊柳依依；今我來思，雨雪霏霏。」是傳誦千古的名句，錢先生也很稱讚。他說，李嘉佑《自蘇台至望亭驛悵然有作》：「遠樹依依如送客」正是仿效「楊柳依依」的，但仿效中仍「著跡留痕」。而李商隱《贈柳》：「隄遠意相隨」則不是單純的模仿，而是「遺貌傳神」，難怪袁枚譽之爲「眞寫柳之魂魄者」。即便如此，錢先生逐不十分滿意，指出李詩「添一『意』字，便覺著力，寫楊柳性態，無過《詩經》此四字者」。[9]可見錢鍾書主張用詞造句既要傳神遺貌，又要自然天成，才是修辭美學的最高境界。我們認爲，這正是對《詩經》修辭美學的最準確的概括。

　　在中國美學史上，存在著兩種互相對立的美學觀，即「芙蓉出水」與「錯彩鏤金」。[10]但總的說來，人們更愛「初發芙蓉，自然可愛」的美，所以李白推崇的「清水出芙蓉，天然去雕飾」美學觀已爲大多數人所接受。這種美學

9. 錢鍾書《談藝錄》，中華書局1984年版，第220頁。

10. 著名美學家宗白華先生就認爲，在中國美學中存在著「芙蓉出水」和「錯彩鏤金」的不同美，它們構成了中國美學的獨特風貌。他說：「鮑照比較謝靈運的詩和顏延之的詩，謂謝詩如『初發芙蓉，自然可愛』，顏詩則是『舖錦列繡，亦雕繢滿眼』。《詩品》：『湯惠休曰：謝詩如芙蓉出水，顏詩如錯彩鏤金』。顏終病之。」這可以說是代表了中國美學史上兩種不同的美感或美的理想。「這兩種美感或美的理想，表現在詩歌，繪畫，工藝美術等各個方面。」《美學散步》第34頁。

觀的形成，當然跟道家思想有關。然而美學家們卻對《詩經》修辭美學的廣泛影響及其積極作用視而不見，這種偏頗是到了糾正的時候了。

（二）詩之情味每以敷藻立喻之合乎事理成反比

《召南・行露》：「誰謂雀無角？何以穿我屋！……誰謂鼠無牙？何以穿吾墉（牆）？」在這兩個反詰句中，麻雀確實沒有角，而老鼠則有牙，放在一起，似乎不倫不類。因此成為《詩經》研究的一段公案。一派認為「角」是「咮」（嘴）的假借，意思是，誰說麻雀沒有硬尖嘴？不然怎麼鑽穿我的茅屋頂！誰說老鼠沒有尖小的利牙？不然怎麼穿透我的土牆！另一派認為「牙」指「壯齒」，「齒之大者」，老鼠的牙齒不大，故說「鼠無牙」。兩句意思：誰說麻雀沒有角？不然怎麼鑽穿我的茅屋頂！誰說老鼠沒有大壯牙？不然怎麼穿透我的土牆！這兩種對立的說法，到底誰對呢？錢先生認為應該以後一種說法為妙，他說：「科以修辭律例，箋詩當取後說。蓋明知事之不然，而反詞質詰，以證其然，此正詩人妙用。誇飾以不可能為能，譬喻以不同類為喻，理無二致。」（74頁）由此，他提出了一條修辭理論：「詩之情味每以敷藻立喻定合乎事理成反比。」意思是，修辭中所用的比喻往往與客觀事理不符，而這種不符事理的比喻反而更能表達出更加強烈的情感。《鐃歌・上邪》：「山無陵，江水為竭，冬雷震震夏雨雪，天地合，乃敢與君絕。」詩人正是用許多不合事理的事物表達愛情的堅貞的。敦煌曲子詞《菩薩

蠻》：「枕前發盡千般願，要休且待青山爛。水面秤錘浮，直待黃河徹底枯。白日參辰（即參商二星名，參，商二星此出則彼伏，而不相見。）現，北斗回南面。休即未能休，且待三更看日頭。」等均是這種修辭藝術的好例。

（三）詩文描繪物色人事，歷歷如睹者，未必鑿鑿有據

《衛風・淇奧》：「瞻彼淇奧，綠竹猗猗」說明春秋時代，淇水邊上竹子是很茂盛的，然而根據《水經注・淇水》的記述，到了漢武帝時代，淇水兩岸已經沒了綠竹，唯有王芻、編草等物。後人如宋犖《筠廊偶筆》、陳錫璐《黃嬭餘話》卷三、程晉芳《過淇川》詩都證實了《水經注》的說法。然而唐詩人高適《自淇涉黃河途中作》：「南登滑台上，卻望河淇間。竹樹夾流水，孤村對遠山。」卻明明寫了淇水兩岸有著茂密的竹林。這是怎麼回事呢？錢先生認為高適這樣寫「殆似古障眼，想當然耳」（89頁）。這裡的「古」指的就是《衛風・淇奧》詩。這種「想當然」的修辭方式在藝術創作中是普遍存在的，不僅在詩裡有，在散文中也常見。例如歐陽修《醉翁亭記》：「環滁皆山也。」其實滁州四周並沒有山，只有小土崗。[11]蘇東坡《後赤壁賦》有「江流有聲，斷岸千尺……攀棲鶻之危巢」的描寫，後人到此一遊，「只是一茅阜，了無可觀，『危巢棲鶻』，皆為夢語。」說明藝術情景是一個虛擬的想象的情

11.以致於後人寫詩表示異議：「野鳥谿雲共往還，《醉翁》一操落人間。如何陵谷多變遷，今日環滁竟少山！」（何紹基《慈仁寺拜歐陽文忠公生日》）

景，作者去創作時，為了文筆的生動或為了構成意境，往往虛構景物和情節，藝術真實不同於生活真實。錢先生提醒人們：「若按圖索驥，勢必如同刻舟求劍」，得出錯誤的結論。[12]

12.相傳李廷彥寫了一首百韻排律，呈給他的上司請教，上司讀了裡面一聯：「舍弟江南沒，家兄塞北亡」非常感動，深表同情地說：「不意君家凶禍重並如此。」李廷彥忙答道：「實無此事，但圖屬對親切耳。」這事傳開了，有人續作兩句加以諷刺：「只求詩對好，不怕兩重喪。」（陶宗儀《說郛》卷三二范正敏《遁齋閒覽》）

（四）「文詞有虛而非偽，誠而不實者。語之虛實與語之誠偽，相連而不相等，一而二焉」（96頁）

所謂「虛」指與客觀事物與情事不符。「偽」指作者情感的不真實。《衛風·河廣》是首僑居衛國的宋人思鄉之作，起句：「誰謂河廣，一葦杭之。誰謂宋遠，跂（通企，踮起腳尖）予望之。」一根蘆葦就可渡過黃河，顯然是「虛」說，但卻真實地表達了亟盼返鄉的心情。明了用詞虛實與情感誠偽的區別對我們的創作和鑒賞都有莫大的好處。因為用字如用兵，可以虛虛實實。蘇軾詠牡丹名句：「一朵妖紅翠欲流」，說牡丹花「紅」又說它「翠」，豈不矛盾嗎？原來「紅」是實色，那「翠」是虛色，但詩人用「翠」字加以烘托，從而使「紅」色更加顯明，試把「翠欲流」改成「粲欲流」，那就平淡乏味了。錢先生還提及，18世紀寫景大家湯姆遜描寫蘋果花的名句：「紫雨繽紛落白花。」「白」是實色，「紫」是虛色。歌德名言：「理論是灰黑的，生命的黃金樹是碧綠

的。」「黃金」是虛色，「碧綠」是實色。如果改成「落
花如雨白晶瑩」，或「人生寶樹油然綠」，藝術效果就
差多了。[13] 在古典文學研究史 13.錢鍾書《七綴集》第41頁，上海古籍出版社1985年版。
上，有人批評爲白居易《長恨
歌》時說，唐明皇逃難時不經過峨嵋山，長生殿不是談戀
愛的地方。也是以虛誤爲實的錯誤。

（五）《詩》象與《易》象之區別

錢先生認爲理論著作所用的喻詞（象）與詩歌所用
的喻詞有所不同，具體表現在《易》象與《詩》象之不同
上。他說：

> 《易》之有象，取譬明理也，……求道之能喻而理之
> 能明，初不拘泥於某象，變其象也可。到岸捨筏，見月忽
> 指，獲魚兔而棄筌蹄（筌，捕魚的竹器；蹄，捕兔器），
> 胥得意忘言之謂也。詞章之擬象比喻則異乎是。詩也者，
> 有象之言，依象以成言，捨象忘言，是無詩矣，變象易
> 言，是別爲一詩甚且非詩矣。故《易》之擬象不即，指
> 示意義之符（sign）也。《詩》之比喻不離，體示意義之
> 跡（icon）也。不即者可以取代，不離者勿容更張。（12
> 頁）

錢先生認爲，詩歌與理論著作比喻之象有根本不同。
理論著作中的比喻是用來說明道理的，道理說明了，比
喻之「象」就可放棄，只要能說明道理，用這個比喻之

象用別的比喻之象都可以。¹⁴而詩歌的比喻之象往往成為詩的形象的重要組成部分，不能放棄，放棄了就不是原來那首詩了。例如《小雅·車攻》：

14.例如為了說明輕重不能倒置，用秦伯嫁女或買櫝還珠的故事都可以。科學理論著作中思想與意象的關係猶如瀉藥，腹中的東西瀉掉，藥也隨之排瀉掉。

「蕭蕭馬鳴，悠悠旆旌。」是描寫周王打獵前整肅的場面的，如果改寫成「雞鳴喔喔」就變成描寫田園風光了。把《小雅·無羊》「牛耳濕濕」改寫成「象耳扇扇」，全詩的情景也就完全變樣。錢先生從《詩》象與「易」象的區別入手，指明了理論著作和文學作品的形象的不同性質，揭示了理論著作和文學作品的內容和形式的不同含義及關係性質。有助於糾正文藝創作公式化，概念化和文藝批評庸俗化的不良傾向。

五、錢鍾書《詩經》修辭學研究特色

（一）深深地扎根於《詩經》的文本之中

錢先生的研究不是從概念出發，而是從《詩經》文本出發進行深入地探討，因而能夠發現許多新的修辭方式，總結出許多活鮮的理論。周振甫《詩詞例話》吸收了博喻、比喻之二柄與多邊、通感、曲喻等研究成果就是明證。海涅《論浪漫派》中指出：「詩人應該著眼於現在，應該像希臘神話中的安泰（希臘神話中的英雄大力士）一樣，當他的腳接觸到大地的母親時，他永遠是不可戰勝的堅強。只要赫古利斯（希臘神話中的英雄）把他誘到空

中，他就失去了力量。」海涅講的是創作，對研究也同樣適用。研究的大地就是文本。錢先生一再強調「尊本文而不外騖」不是沒道理的。

（二）一般修辭研究是從語文角度談修辭，而錢先生的修辭研究是從文學角度談修辭的

陳望道《修辭學發凡》不收博喻。為什麼呢？因為博喻是明喻、暗喻或借喻的擴大，這是從語文角度而得出的結論，而錢先生從文學眼光看問題，所以看重這種採用「車輪戰法」、具有很強表現力和感染力的表現手法。他的修辭理論也是從文學角度總結出來的。新的修辭格的提出與修辭理論的建設，都是對我國修辭學的貢獻。錢先生的研究還告訴我們：我國傳統文化典籍都是通過後人的創造性闡釋而不斷發展的，而後人的闡釋總是站在當時文化水平，結合當時的需要進行的，這是我國學術發展一條重要規律。可以這樣說，中華文化就是一部前後相繼歷代都有解釋者的詮釋史。

（三）研究觀念有所更新

一般人好像除了修辭格外，就沒有修辭學，這是一種誤解。[15]錢先生不遵循一般修辭學的舊轍，力求創新，而且把「修辭」放到中西文化的大背景中進行考察，融合中西，貫通古今，使「修辭」研究成為一種創造性的勞動。其缺點是論述過於分散，猶如海灘的貝殼，需要我們彎下腰仔細尋找才有所收穫。

15. 我們學校編印的《修辭》一書，就只有修辭格，而用例只有毛澤東著作和魯迅的文章。

錢鍾書先生對《詩經》訓詁學的開拓

　　訓詁學是我國傳統的一門學問。它是以古代文獻爲訓釋對象，以語義爲主要內容的一個獨立的學科，在我國學術史上有著重要的地位。《詩經》訓詁學是這一學科的重要組成部分，自《毛傳》產生以來，已有二千多年的歷史，經過清代、近代一批傑出的學者不斷努力，逐漸形成了一個較爲完整的體系。然而跟隨而來的問題是時至今日，當代《詩經》學如何創新和發展？已成爲《詩經》學界和訓詁學界關心並必須解決的難題。可喜的是，我們能夠在《管錐編・毛詩正義》[1]中找到可供參攷的答案，現擇要論述於下。

一、獨特的訓釋成果

　　《周南・關雎》《詩序》說：「《關雎》樂得淑女，以配君子，憂在進賢，不淫其色。哀窈窕，思賢才。」文中的「哀」怎麼訓釋呢？《鄭箋》：『哀』作『衷』，中心思念之意。」雖然不違背文意，卻有破字改讀之嫌。錢先生認爲「哀」即「愛」（65頁）這是依照聲訓立論

的，有書爲證。《呂氏春秋·報更》：「哀士。」高誘注：「哀，愛也。」《漢書·鮑宣傳》：「鮑宣上書諫董賢曰：誠欲哀賢，宜爲謝過天地。」這裡的「哀賢」即「愛賢」。《辭海》「哀」字條無這個義項，可補其不足。在漢語中，「駕」一般用於車的動詞，如「駕車」、「駕轅」。錢先生卻從《詩經》中抉出還可用於「船」。《衛風·竹竿》：「淇水悠悠，桂楫松舟。駕言出遊，以寫（通瀉，洗除）我憂。」詩中的「駕」就是操舟的意思。蘇軾《前赤壁賦》：「駕一葉之扁舟，舉匏樽以相屬。」正是這種用法的遺存。《鄭風·有女同車》：「彼美孟姜，洵美且都。」《毛傳》：「都，閒也。」這裡的「閒」是「嫻」的假借，文雅大方的意思。當代的許多注本均從此說。錢先生從詞源學的角度提出新解，他認爲「都」猶如後代的「京樣」（107頁），這是從古代都邑和鄉村的不同審美特徵而來的。程大昌《演繁露》續集指出：「古無村名，今之村，即古之鄙野也；凡地在國中，邑中，則名之爲「都」。都，美也。」《敦煌掇瑣》二四《雲謠集·內家嬌》第二首：「及時衣著，梳頭京樣。」陸遊《五月十一日夜且半夢從大駕親征》：「涼州女兒滿高樓，梳頭已學京都樣」等例即可證明。「都」、「京樣」猶如現代的「時髦」。這種訓釋是更符合詩意的。《秦風·駟驖》：「公之媚子，從公於狩。」詩中的「媚子」，《毛傳》和《正義》均釋爲秦王所親愛的人，是個褒義詞，王宗石《詩經分類詮釋》則釋爲「漂亮的兒子」。錢先生認爲應是「男寵」（122頁）。有史書爲

證。《戰國策·楚策一》記載楚王在雲夢澤射兕，「安陵君纏泣數行而進日：『臣入則侍席，出則陪乘。』」男性的安陵君陪君王睡覺，說明春秋、戰國時代已有男寵的存在，明了該詞的性質，我們才能明白該詩不是讚頌詩而是諷刺詩。

在句意的串釋上，錢先生也有創獲。《衛風·氓》：「士之耽兮，猶可說也；女之耽兮，不可說也。」《正義》：「說，解也。士有百行，可以功過相除；至於婦人，無外事，維以貞信爲節。」《正義》的訓釋充滿封建說教，而錢先生認爲：「說」通「脫」，可解爲「寬解擺脫」。古代的男子外出爭名求利，可以排遣對愛情的愁思，甚至可以移情別戀，尋找替代。而女子只能深居閨房，難以忘情。明院本《投梭記》：「常言道：『男子癡，一時迷；女子癡，沒藥醫。』」法國斯太爾夫人也曾說過：「愛情於男只是一段插話，而於女則是生命之全書。」（94頁）可相發明。

胡適有名言：「發明一個字的古義，與發現一顆恆星，都是一大功績。」在《詩經》研究中，錢先生發明的古義何止一個！然而他的貢獻卻不在於此，而是在訓詁視野的擴大上，他走出以古證古的傳統圈子，把訓詁放在世界文化背景中加以觀照，自然目光四射，舉重若輕。錢先生在訓詁中，有時也需要以古證古，但他能擴大以古證古的範圍，正如傅璇琮先生所說：「有些詩人筆記，特別是明清人的一些作品，似乎除了錢先生引述以外，過去再也

沒有人曾經提起過，經錢先生一加引述，使這些本來似乎無意義的作品獲得新的價值。」[2]錢先生的研究表明，解讀古人而不拘泥古訓，引述洋論而不迷信洋人，這才是當代訓詁學的康莊大道。

二、獨特的訓釋視角

研究視角是科學方法論的重要方面，它的正確與否關係到研究的成敗。錢先生認識到，傳統的訓詁學只在形、音、義上打轉，是很難解決《詩經》的複雜問題的。我們必須從《詩經》實際出發，選取合適的參照物，才能解決面臨的諸多問題。

（一）訓詁與藝術特徵的結合

聞一多先生曾經指出：「漢人功利太深，把《三百篇》做了課本；宋人稍好些，又拉著道學不放手——一股頭巾氣，清人較爲客觀，但訓詁不是詩。……明明一部歌謠集，爲什麼沒人認眞地把它當文藝看呢？」（《匡齋尺牘》之六）聞先生的看法不完全正確，《詩經》並不是全是歌謠，但突出地強調《詩經》訓詁必須顧及詩歌藝術特徵是很深刻的。而錢先生的《詩經》訓詁的優長正是把兩者結合起來。《鄭風·有女同車》：「有女同車，顏如舜華。」惲敬在《大雲山房文稿》中認爲「舜」即「蕣」（木槿花），其色黑，用它比喻美女的顏面不妥當。他還認爲《陳風·東門之枌》中用紫赤色的「荍」（錦葵）來

描繪女子面容之美不合適。（105頁）錢先生認爲用「黑色」、「紫色」來形容女子的美容是古今中外詩文的慣常用法。《史記・趙世家》：「美人熒熒兮，顏若苕之榮。」苕今稱凌霄花，開紫色花。古羅馬的愛情詩也常用紫羞描繪美人的紅暈。《左傳》有「玄妻」、「黰已」的說法也是以黑爲美。由此，錢先生提出「情感價值」與「觀感價值」區別的概念。詩文中用黑色、紫色或「杏臉桃頰」等形容詞來描繪女子面容之美，只有「情感價值」而無「觀感價值」。人們在欣賞文學作品時，如果只用「觀感價值」，就會把「蟬首娥眉」、「芙蓉如面柳如眉」想象成女人「頭面上蟲豸蠢動，草木紛披，不復成人矣」。

「情感價值」與「觀感價值」的提出，說明藝術語言能指與所指並不完全一致，有虛實之分。常言道，用字如用兵，虛虛實實，這是在訓詁中應該格外注意的。蘇軾詠牡丹名句：「一朵妖紅翠欲流。」既說牡丹花「紅」又說它「翠」，豈不矛盾嗎？其實詩中的「紅」是實色，「翠」是虛色。詩人用「翠」字起烘托作用，使紅花更加鮮明耀眼。錢先生舉例說，18世紀寫景大家湯姆遜描寫蘋果花的名句：「紫雨繽紛落白花」，「白」是實色，「紫」是虛色。歌德名言：「理論是灰色的，生命的黃金樹是碧綠的。」「黃金」是虛的，只有「情感價值」，而無「觀感價值」，只有「碧綠」才是實色，然而如果我們改寫成「落花如雨白晶瑩」或者「人生寶樹油然綠」，那就不如原句形象生動了。[3]

　　訓詁與藝術的結合另一層意思是，借助《詩經》的
訓詁闡釋藝術原理。在《管錐編・詩譜序》中研究了詩有
三個訓釋義項：承也，志也，持也。這種研究屬於語義學
的範疇，然而錢先生並沒有在此止步，而是對「志」和
「持」進行更為深入的訓釋：指出「志」有「之」義，
《釋名》：「詩，之也，志之所之也。」從藝術表現看有
盡情抒發之意。「持」有「止」義，《荀子・勸學》：
「詩者，中聲之所止也。」從藝術表現的角度看，「持」
有節制之意。錢先生由此引申說：

　　夫「長歌當哭」而歌非哭。哭者，情感之天然發
洩，而歌者情感之藝術表現也。發而能止，「之」而能
「持」，則抒情通乎造藝，而非徒以宣洩為快，有如西人
所嘲「靈魂之便溺（大小便）」矣。「之」與「持」，一
縱一斂，一逆一控，相反而亦相成。（58頁）

　　這裡提出了藝術表現的一個至關重要原理，即藝術表
現不僅要盡情抒發情感，而且在抒發過程中要有所節制，
使「喜怒哀樂，合度中節」。正如英評論家羅斯金在《論
感情的設置》中說：「一個詩人是否偉大，首先要看他有
沒有激情的力量，當我們承認他有這種力量以後，還要看
他控制它的力量如何。」錢先生借助訓詁把這一原理講得
如此深切生動，是難能可貴的。從訓詁學史角度看，舊訓
詁學以訓釋聖人教化為主，而錢先生通過《詩經》字詞的
訓釋揭示《詩經》的文學意蘊，及美學特徵，實現了《詩

經》訓詁學的重要轉型。相傳清著名學者阮元在讀了王引之《經傳釋詞》之後說：「恨不能起毛（亨）鄭（玄）諸儒而共證快論。」我們不也可以說，如果毛亨、鄭玄、王引之等訓詁大師讀了錢先生的《詩經》訓詁研究，不也要拍案叫絕，共證快論嗎？

（二）訓詁與心理的結合

弗里·德蘭德說：「藝術是種心靈的產物，因此，可以說任何有關藝術的科學研究，必然是心理學的，它雖然可能涉及其他方面的東西，但心理學卻是它首要要涉及的。」[4]《詩經》既然是古代人民心靈的吶喊。對它的訓詁研究，當然也不能離開心理學的配合，這正是錢先生獨具慧眼之處。《豳風·七月》：「春日遲遲，採蘩祁祁，女心傷悲，殆及公子同歸。」詩中為什麼要用表示時態的「遲遲」來描寫女子春天裡的心態呢？他說：「遲遲者，日長而暄之意」「人遇春暄，則四體舒泰，覺晝景之稍長，謂日遲遲。」（130頁）可見「遲遲」一詞是有心理依據的。《豳風·東山》結尾兩句：「其新孔嘉，其舊如之何？」許多注本沒能講清楚，錢先生認為這兩句是「征人心口自語」（按：即內心獨白）意思是「當年新婚，愛好甚摯，久暌言旋，不識舊情未變否？乃慮其婦闊別愛移，身疏而心亦遐，不復敦夙好，正所謂『近鄉情更怯耳』。（36頁）錢先生的訓釋與舊解不同，得出這一新解正是建立在「見多情易厭，見少情易變」這一愛情心理的基礎之上的。所謂訓詁與心理的統一，還表現在借助

訓詁闡釋詩中所抒發的心理狀態上。《秦風·蒹葭》：
「所謂伊人，在水一方。溯洄從之，道阻且長，溯游從
之，宛在水中央。」錢先生認爲，從詩境的角度講是一種
浪漫主義企慕情境，抒發了可望而不可及的痛苦心情。那
麼，道阻且長，欲往莫至爲什麼會產生痛苦之情呢？他指
出：「徵之吾國文字，望瞻曰『望』，希望，期盼，仰慕
並曰『望』；願不遂，志不足而怨尤亦曰『望』；字義之
多歧，適足示事理之一貫爾。」這種把字義的訓釋和心理
的闡釋融會貫通的作法，不僅有助於《詩經》的研究，而
且也爲我國古典詩歌的鑒賞拓展了一個嶄新的空間。杜牧
《阿房宮賦》：「歌台暖響，春光融融；舞殿袖冷。風雨
淒淒：一日之內，一宮之間，而氣候不齊。」這段詞意的
訓釋，一般人認爲是借寫「氣候不齊」，實寫阿房宮的廣
大而幽深。然而錢先生自有高見：

> 「氣候」蓋指人事之情境，非指天時之節令也。《莊
> 子·大宗師》不云乎：「淒然似秋，暖然似春，喜怒通四
> 時」歌舞駢聯，乃二而一者。……「歌」舞作而「台」為
> 之「融融」，俗話所謂「熱鬧」；「歌」舞罷而「殿」為
> 之「淒淒」，俗語「冷靜」。「一宮之間，一日之內」而
> 冷靜不齊，猶俗語「朝朝寒食，夜夜元宵」，言同地同
> 日，忽喧忽寂耳。王琦《李長吉歌詩匯解》卷一《十二月
> 樂詞·三月》：「曲水飄香去不歸，梨花落盡成秋苑」
> 注：「梨花落盡，寂寞人蹤，雖當春盛之時，卻似深秋之
> 景」，杜牧之《阿房宮賦》「歌台」云云，亦是此意」。

洵得正解。「熱」與「鬧」，「冷」與「靜」，異覺相濟（按，即心理學上的通感）心同厥理」。（1076頁）

由「鬧」覺得「熱」，由「冷」感到「靜」，這是人的異覺通感，杜牧借氣候的由熱而冷，抒寫人事之淒哀，歷史之興亡，別具深刻的寓意。我們不懂心理分析，是很難讀懂杜牧的言外之意的。

三、訓詁與民俗的結合

丹納說：「我們可以定下一條規則：要了解一件藝術品，一個藝術家，一群藝術家，必須正確地設想他們所屬的時代精神和風俗概況。這是藝術品的最後的解釋，也是決定一切的基本原因。」[5]這裡講的「了解藝術品」，對語義的訓釋當然也適用。錢先生的訓詁是既注意時代又注意風俗的。《邶風·擊鼓》：「死生契闊，與子成說，執子之手，與子偕老。」對「契闊」一詞的訓釋可謂眾說紛紜，莫衷一是。《毛傳》「契闊，勤苦也」，程俊英《詩經譯注》「契，合；闊，離。契闊是偏義複詞，偏用『契』義，指結合，言不分離」。錢先生認為，該章是從軍戰士與其妻子訣別之詞，猶如杜甫《新婚別》，他認為「契闊」不是偏義複詞，而是並列複詞，猶言結合和分離。與詩中的生死相對。他指出「契闊」一詞在先秦時代沒有偏義複詞的用法，到了魏晉南北朝才有「兩意並用」，唐以後才更多地出現偏義複詞的用法（82頁）。

讀了這段分析，我們猶如讀了一章「契闊」辭義發展史。所謂「風俗」，從學理上講就是民俗學，在《詩經》訓釋中錢先生同樣給予關注。《陳風・澤陂》是首有影響的情歌，寫的是一位男子在荷塘邊上遇見一個豐滿高大的女子之後，盡情抒發對她的愛慕與思念之情。然而許多研究者卻認為是一首女子讚美和思念男青年的詩，聞一多《詩選與校箋》、余冠英《詩經選譯》、程俊英《詩經譯注》等都持同樣的看法。分歧就在於對「有美一人，碩大且儼」的訓釋上，按今天的審美觀，身材高大健壯不就是男子的審美特徵嗎？殊不知在上古，無論男女都以身材高大健壯為美的，《衛風・碩人》中就用「碩大」來讚美衛莊姜之美的。「碩大且儼」《韓詩》作「碩大且嬌」，薛君注曰：「嬌，重頤也」，錢先生訓釋道：「碩大」得「重頤」而更親切著實。《大招》之狀美人曰：『豐肉微骨，調以娛只』再曰：『豐肉微骨，體便娟只』復曰：『曾頰倚耳』王逸注：「曾，重也。《詩》之言『嬌』，正如《楚辭》之言『曾頰』，唐宋畫仕女及唐墓中女俑皆曾頰重頤（雙下巴，肥胖的特徵），豐碩如《詩》、《騷》所云。」（127頁）

《邶風・谷風》是首著名的棄婦詩，當被遺棄的妻子看到丈夫很快結婚時唱道：「宴爾新婚，如兄如弟。」按現代的觀念，夫妻親於兄弟，夫妻的恩愛用兄弟來形容，這不是要親密反而疏遠嗎？錢先生指出：「蓋初民重血族（kin）之遺意也。就血胤論兄弟，天倫也，夫婦則人倫耳；是以友於骨肉之親當過於刑於室家之好，新婚而如兄

如弟,是結髮而如連枝,人合而如天親也。觀《小雅・常棣》,『兄弟』之先於『妻子』,較然可識。」(83-84頁)我們看到《三國演義》15回,劉備說道:「兄弟如手足,妻子如衣服。衣服破,尚可縫,手足斷,安可續?」也可印證錢先生說法之正確。可以看出,民俗學是解開《詩經》難題的一把鑰匙,從錢先生的訓釋,我們對民俗的變異性也可有更加深切的體會。

綜上所述,可以看出錢先生為古老的訓詁學的拓展走出了一條新路:即把訓詁與心理學、民俗學、美學等社會學科結合起來,從而把當代訓詁學提到一個更高的層次,同時也使訓詁學獲得更為廣闊的應用領域,這種拓展,代表了當代訓詁學的發展方向。[1]

> 1.當代著名語言學家許嘉璐在《現狀與展望》一書中就提出:「現代訓詁學應該把訓詁學與社會學、文化學等學科結合起來,使訓詁學獲得更廣闊的應用領域。」其時是1988年,說明錢先生已於1966年捷足先登了。

四、獨特的訓詁理論

在中國訓詁史上,出現了許多訓詁大家,漢代的賈逵、馬融、許慎、鄭玄。唐代的陸德明、孔穎達、賈公彥等。他們各領風騷,都有所貢獻,不足之處是大都缺乏理論建樹,甚至墨守「疏不破注」,在經學的軌道上緩慢前行。到了清代乾嘉學派產生之後,才有了較有條理有系統的訓詁理論,他們總結出一套「因聲及義」的學說,奠定

了古代訓詁學的理論基礎。然而，從更高的要求看，訓詁理論的建構仍是薄弱環節，人們期待更科學更系統的理論的誕生。令人欣慰的是，錢先生總結的《詩經》訓詁理論將有助於讓人們的期待變成現實。**2**

2.在當代陸宗達提出「比較互訓法」陳紱提出「據文證文法」，還有人提出「引據法」、「統計法」等，反映當代學者對訓詁理論的重視，但這些理論猶如散兵游勇，不成氣候。在當代訓詁學上，人們只提章太炎、王力、陸宗達等人，而不提錢鍾書，顯然是個盲點。

（一）闡釋之循環

　　錢先生「闡釋之循環」理論的提出是《鬼谷子・反應》篇中「以反求復」哲學思想在訓詁學上的應用。具有全面性和準確性的特徵（參見31頁）。例如《衛風・氓》「桑之未落，其葉沃若」。朱東潤《中國文學作品選》注：「沃若，沃然，肥澤貌。這句以桑葉肥潤，喻女子正年輕美貌之時。一說喻男子情意濃厚的時候。」這二種不同說法，到底那種說法對呢？根據「闡釋之循環」的原理，先確定「沃若」的意義爲「肥澤貌」。生理常識告訴我們，年輕女子的皮膚脂肪多，肥潤而有彈性，用潤澤的桑葉來形容女子年輕貌美的特徵是再恰當不過了。然後，我們再從該段大意來界定。下文是『於嗟鳩兮，無食桑葚，於嗟女兮，無與士耽』，整段都是寫女子被遺棄的悔恨，主語是女子，再跟下段「桑之落矣，其黃而隕」參看，一寫年輕貌美，一寫年老色哀，全書的主旨又是一首棄婦詩，因此二說之中，應以第一說爲準。在中國訓詁史上，「闡釋之循環」說還沒人提過，其價值是不可低估的。

（二）以詩解詩說

《詩經》在漫長的封建社會裡，作為儒家的主要經典備受推崇，訓釋《詩經》的著作可謂汗牛充棟。應該承認，這些著作保留著許多珍貴資料，值得借鑒與繼承。但是從訓詁的角度講，古代的訓詁學家為了使《詩經》符合儒家的思想，往往有意對詞義進行曲解，另外，絕大多數的儒生不通藝事，不懂得詩歌藝術與歷史著作的區別，針對這種偏頗，錢先生提出救弊之方，他說：「清儒好誇以經解經，實無妨以詩解《詩》耳。」[3]

3. 在《詩經》訓詁學史上，「以經解經」的主流，也有以禮解《詩》的，如鄭玄之流，但佔少數。

所謂「以詩解《詩》」就是立足於詩歌形象思維的特點和特有的修辭手法進行訓釋。《衛風・河廣》：「誰謂河廣？一葦杭（航）之」意思是，「誰說黃河太寬？只用一葉蘆葦就可以渡過去」。《周南・漢廣》：「漢之廣矣，不可泳思。」意思是漢水如此廣闊，我是無法游過去的。如果僅就字面訓釋，不是可以得出漢水比黃河寬廣的結論嗎？錢先生說：

苟有人焉，以詩語以考訂方輿（地理），丈量幅面，益舉漢廣於河之證，則痴人耳，不可向之說夢者也。不可與說夢者，亦不足與言詩，惜乎不能勸其毋讀詩也。唐詩中示豪而撒漫揮金則曰「斗酒十千」，示貧而悉傾囊則曰「斗酒三百」，說者聚辯，一若從而能考價之漲落，酒之美惡，特尚未推究酒家胡上下其手（串通作弊）或於沽者

之有所厚薄耳。[1]（95頁）

　　根據唐詩中「斗酒十千」和「斗酒三百」以考訂唐代酒的價格和質量，是近人陳寅恪先生作《元白詩稿箋證》中的作法。忽略詩歌藝術的特點，以詩證史，往往要鬧笑話的。

　　「以詩證詩」另一個意思是，爲了更好地訓釋《詩經》可借助古今中外相關的詩文進行互參，《衛風·碩人》：「大夫夙退，無使君勞」，《鄭箋》：「無使君之勞倦，以君夫人爲新配偶。」可見「君」指衛莊公，然而清人胡培翬、陳奐等人認爲「君」應指衛莊姜，錢先生認爲鄭玄之說並不錯誤，有詩爲證，白居易《長恨歌》：「春宵苦短日高起，從此君王不早朝」，李商隱《富平少侯》：「當天不報侵晨客，新得佳人字莫愁。」

　　此外，與「以詩證詩」相關的還有「意識腐蝕說」（89頁）。「感覺情調說」（71頁）。「實象與假象說」（11頁），「詩樂合一說」（61頁）「詞氣說」（113頁）、「訓詁要科以修辭說」（77頁）、「含蓄與寄託區別說」（108頁）等等都有相當高的理論價值。

（三）誤解可具聖解

　　唐張九齡《庭梅詠》：「馨香雖尚爾，飄蕩復誰知？」詠讚梅花之香自然是用「馨香」一詞了。然而明鍾惺編《唐詩歸》把「馨香」誤寫成「聲香」還自注：「香

得妙。」自此之後，「聲香」遂流行開來，鍾惺《城南古華嚴寺》：「數里聲香中，人我在空綠。」王鐸《宿觀音寺》：「聲香還未去，幽趣復何尋？」《水花影》：「欲拾芳鈿如可得，聲香宛在水中央。」可見所謂「聲香」就是花的香味很濃烈，仿佛能聽到它的聲音。這種寫法表面上不合情理，但符合心理學上「通感」原則的。荷馬史詩中有句「像知了坐在森林中一棵樹上，傾瀉下百合花的聲音。」也是聲音可以有香的好例。在《詩經》研究中，錢先生也很注重蚌病成珠，誤解可具聖解的具體事例的。《邶風·旄丘》：「叔兮伯兮，褎如充耳」《箋》：「人之耳聾，恆多笑而已」。詩的原意是「在外的情哥啊，他卻像塞著雙耳沒聽見」鄭玄卻解釋成，聾子為了掩飾自己聽不見，常用笑表示領會對方的用意。錢先生說：「注與本文羌無系屬，卻曲體人情。……就解《詩》而論，固屬妄鑿，然觀物態，考風俗，有所取焉。」（85頁）《王風·采葛》：「一日不見，如三月兮。」《傳》：「一日不見於君，憂懼於讒焉。」《毛詩》把愛情心理誤解為古代官場中的戀位心理，錢先生說：「似將情侶之思慕，曲解為朝士之疑懼。而於世道人事，犁然有當。亦如筆誤因而成蠅，墨污亦堪作牸（牛）也。」（102頁）「誤解而具聖解」是讀者在接受過程中一種不自覺的創造，是不可輕易拋棄的。我們認為，「誤解可具聖解」的理論不僅有益於訓詁學的研究，而且具有方法論的意義，王國維有「論學三無說」：「無新舊，無中西，無有用無用。」這種學說和「誤解可具聖解」都可改變「好的一切都好，壞

的一切都壞」的形而上學的思維習慣，從而使人們的思維
更為辯證更為科學。

（四）不盡信書，斯為中道

經過兩千多年的歷史積澱，有關《詩經》的訓詁遺
產可謂浩如煙海。完全信從這些資料固然不對，把這些材
料全部當髒水潑掉更是要不得。為此錢先生把孟子「盡信
書不如書」的名言加以改造，提出「顧盡信書，固不如無
書，而盡不信書，則又不如無書，各墮一邊，不盡信書，
斯為中道」的原則。（8頁）對這個原則錢先生是身體力
行的。既不盲從《毛傳》、《鄭箋》，又不全盤否定《毛
傳》、《鄭箋》，一切以符合《詩經》的實際為準繩。
《小雅・正月》：「民今之無祿，天夭是椓，哿矣富人，
哀此惸獨。」《傳》：「哿，可也」。《箋》：「富人已
可，窮獨將困。」《正文》：「可矣富人，猶有以財貨以
供之。哀哉此單獨之民，窮而無告。」而清代訓詁大家王
念孫、王引之駁斥《毛傳》、《鄭箋》之說，認為「哿」
應訓的「歡樂」。錢先生引用了許多書證維護了《毛
傳》、《鄭箋》的正確理解。（142頁）胡適認為舊的訓
詁資料是「一筆糊塗賬」，鄭振鐸認為《毛傳》、《鄭
箋》等是「一堆需要掃除的瓦礫」，都失之簡單和片面。
還是狄德羅在《哲學思想錄》中說得好：「相信得太多和
相信得太少，同樣是冒險。」可見英雄所見略同。

參考文獻

[1] 錢鍾書。管錐編〔M〕。北京：中華書局，1979。

[2] 錢鍾書研究（第1輯）〔M〕。北京：文化藝術出版社。

[3] 錢鍾書。讀拉奧孔〔A〕。七綴集〔C〕。上海：上海古籍出版社，1994。

[4] 轉見朱狄。當代西方美學〔M〕。

[5] 丹納。藝術哲學〔M〕。北京：人民文學出版社，1981。

錢鍾書先生對《詩經》詩學的拓展

《詩經》詩學研究是《詩經》研究的薄弱環節，卻是錢鍾書《詩經》研究最為輝煌之所在。他的研究可分兩個層面：（一）對舊有詩學提出有心得的見解；（二）提出許多全新和理論命題，從而豐富了《詩經》詩學寶庫。從創作者的角度講，詩學是主體性創作意志對文學藝術的創造性法則的理解；從接受者的角度講，詩學是對文學藝術作品呈現出來的語言美感與心靈自由形象的詮釋的理論。本文只著眼於第二層面的介紹，以期引起對其成果的重視。

一、《詩經》創作詩學

（一）企慕情境

企慕情境是錢先生從《秦風·蒹葭》中揭示出來的，他首先引用陳啓源之說：「夫說（悅）之必求之，然惟可見而不可求，則慕說益至。」讓人對這種藝術情境有個基本的了解，隨後指出：「二詩所賦皆（按：兼指《周南·漢廣》西洋浪漫主義所謂企慕之情境也。」（《管錐編》第123頁，以下凡見《管錐編》只注頁數）可見所謂「企

慕情境」是指抒寫一種可望而不可即的境界，以示憧憬和嚮往之情。由於「在水一方」的阻隔，形成了距離悵惘，從而增加思慕的力度。所以後代的愛情詩多相沿成習，如《古詩十九首》中的《迢迢牽牛星》，李白的《相見歡》，又如李之儀《卜算子》：「我住長江頭，君住長江尾，日日思念不見君，共飲長江水。」由於江水的阻隔，使思念之情更加強烈等。他指出，這種藝術情境不僅可用於愛情詩的描寫，還可用於小說的創作，也可用以宣傳出世法，《史記·封禪書》記載方士用可望而不可即的海上三神山向秦始皇進行宣傳就是一例[1]相傳錢先生對早年所著《談藝錄》並不十分滿意，但對《管錐篇》裡所標示的「企慕情境」則有幾分自信[2]。可見該詩學在錢學中具有重要的地位。

> 1. 小說創作，如《圍城》中寫方鴻漸的企慕情懷，可參見人民文學出版社1980年10版第144頁。企慕情懷反映了人類理想與個體生命短促的矛盾所引起的痛苦，也反映了人類對更廣闊更完美境界的追求。
> 2. 鄭朝宗《〈管錐編〉作者的自白》。

(二)「寂靜之幽深者，每以得聲音襯托而愈覺其深；虛空之遼廣者，每以有事物點綴而愈見其廣。」

　　《小雅·車攻》：「蕭蕭馬鳴，悠悠旆旌」。錢先生引述《毛傳》：「言不喧嘩也」之後，又引陸象山《語錄》：「蕭蕭馬鳴，靜中有動；悠悠旆旌，動中有靜」加以申說，說明動靜雖然相反。但在一定條件下可以相得益彰。王籍《入若耶溪》，杜甫《後出塞》，蘇軾《宿海

會寺》等均受了它的影響。于此，錢先生提出以下詩學命題：「詩人體物，早具會心。寂靜之幽深者，每以得聲音襯托而愈覺其深；虛空之遼廣者，每以有事物點綴而愈見其廣。」（138頁）錢先生告訴我們，藝術的烘襯可表現為兩個方面，一為以動襯靜；一為以空間中的小事物襯托出遼闊無際的空間。如鮑照《蕪城賦》：「直視千里外，唯見起黃埃。」王維《使至塞上》：「大漠孤煙直，長河落日圓。」

（三）「此非幅員、漏刻之能殊，乃心情際遇之有異耳。」

《小雅・正月》：「謂天蓋高？不敢不局；謂地蓋厚？不敢不蹐」。《小雅・節南山》：「駕彼四牡，四牡項領（大肥頸。馬久不跑動則頸肥大），我瞻四方，蹙蹙（地域迫促）靡所騁。」天地如此廣闊無邊，詩人為什麼卻感到無處容身呢？錢先生指出：「國治家齊之境地寬以廣，國亂家哄之境地仄以逼。此非幅員（空間）、漏刻（時間）之能殊，乃心情際遇之有異耳」（140頁）這就說明《詩經》中早就有心理時間（如《王風・采葛》和心理空間的描寫了。後世仿效的有左思《詠史》：「出門無通路，枳棘塞中途」，李白《行路難》：「大道如青天，我獨不得出。」錢先生還指出，同一個人，由於心情際遇的不同，時空感覺也不一樣，如孟郊不得志時寫道：「食薺肥亦苦，弦歌聲無歡。出門即有礙，誰謂天地寬？」（《送別崔純亮》）而登科之後寫道：「春風得意馬蹄疾，一日看盡長安花。」（《登科後》）

（四）「據實構虛，以想象與懷憶融會而造詩境」

關於《魏風・陟岵》的題旨，漢、唐注家大多認為是父、母、兄對作者臨行告誡之辭。錢先生認為，若按這種說法，行文應該「嗟汝行役」、而不能寫成「嗟予子（季、弟）行役」。因此，該詩應是「遠役者思親，因想親亦方思己之口吻爾。」說明《陟岵》在寫法上是應用「以他思寫己思」（金聖嘆稱之為倩女離魂法）。據此，他提出另一個詩學命題：「據實構虛，以想象與懷憶融會而造詩境。」（114頁）他認為這個命題可包含兩個方面：一是以此地想異地之思此地，如《陟岵》、杜甫《月夜》等；二是在今日想他日之憶今日，如呂本中《減字木蘭花》：「來歲花前，又是今年憶昔年。」我們補充的是，在一首詩中同時體現這一命題的應是李商隱的《夜雨寄北》，該詩從空間上看，是此地、彼地、再回此地的往復；從時間上講，是今宵、他宵再到今宵的回環。虛實相生情景交融，構成了完美的藝術意境。

（五）藝術表現的快適度

在《管錐編》中，錢先生注意到了孔穎達《毛詩正義》對「詩」一詞的訓詁。「詩」有三訓：「承也，志也，持也。」然後抉出「志」和「持」進行深入一步的訓釋。「志」有「之」義。《釋名》：「詩，之也，志之所之也。」從藝術表現看，有盡情抒發之意。「持」，《荀子・勸學》：「詩者，中聲之所止也。」從藝術表現看，「持」是有節制之意。錢先生說：

　　夫「長歌當哭」，而歌非哭也。哭者，情感之天然發洩，而歌者情感的藝術表現也。「發」而能「止」，「之」而能「持」，則抒情通乎造藝，而非徒以宣洩為快，有如西人所嘲「靈魂之便溺」矣。「之」與「持」一縱一斂，一送一控，相反而亦相成。（58頁）

　　這裡提出藝術表現的一個至關重要的問題，即藝術表現不僅要盡情抒發感情，而且在抒發過程中要有所控制，使「喜怒哀樂，合度中節」。實驗心理學的奠基人費希納有個「審美適度原則」，認為人們「最經常和最長久地忍受著一種中度的喚醒，該喚醒既不使他們過於興奮。又不會令他們由於缺乏足夠的佔有而產生不滿」[3]。黑格爾也說：「誰想獲得偉大的東西，誰就應該像歌德所說的那樣，善於克制自己。」[4]說的都是一個意思，而錢先生借用「詩」的訓詁，把這個問題講得那麼透徹生動，自有其獨特的貢獻。

3.轉見《文藝研究》1995年第1期，《心理美學中的心理生物學》。

4.轉引自特羅菲莫夫等《近代美學思想史論叢》第127頁，商務印書館1966年版。

二、《詩經》鑒賞詩學

（一）「文辭有虛而非偽，誠而不實者。語之虛實與語之誠偽相連而不相等，一而二焉。」

　　《衛風·河廣》：「誰謂河廣，曾不容刀。」《周南·漢廣》：「江之永矣，不可方思。」為什麼黃河、長

江的寬狹如此不同呢？錢先生認爲詩中的寬狹不是實際情況，而是詩人主觀情感所決定。由此，他提出：「蓋文詞有虛而非僞，誠而不實者。語之虛實與語義之誠僞相連而不相等，一而二焉。」（96頁）如夢裡的悲歡，幻空中之樓閣，燈邊生影，屬於「言之虛」而不是「言之僞」。這就提出了藝術眞實與生活眞實的聯繫與區別的問題，並以此爲基點。總結出《詩經》鑒賞詩學的幾個重要原則：

1. 詩作中由於情感的需要作了誇張與文飾，對這種文辭不能坐實。他指出：「據詩語以考訂方輿（地理），丈量幅面，益舉漢廣於河之證，則痴人耳，不可向之說夢者也。不可與說夢者，亦不足與言詩。」（95頁）有位史學家根據唐詩中「斗酒十千」和「斗酒三百」的不同說法，考訂唐代酒價的漲落。錢先生指出，「斗酒十千」是爲了「誇富」，說「斗酒三百」是爲了「示貧」，而以此考訂酒價之漲落或酒質之美惡，那是以文害辭，以辭害意，「丞相非在夢中，君自在夢中」耳。

2. 「詩文描繪物色人事，歷歷在目者，未必鑿鑿有據。」《衛風‧淇奧》：「瞻彼淇奧，綠竹猗猗」。錢先生認爲詩中「綠竹」有喻君子虛心直節的作用，而《毛傳》耽心衛國淇水間不產竹子而解爲二植物名（王芻與萹竹）沒有必要。從《水經注》記載可知，魏晉時期淇水沿岸已不產竹子，然而高適《自淇涉黃河途中作》之四：「南登滑台上，卻望河淇間。竹樹夾流水，孤村對遠山。」明明寫到淇水間盛產竹子，這是怎麼回事呢？

他認為：「竊謂詩文風景物色，有得之當時目驗者、有出於一時興到者。出於興到，固屬憑空向壁，未它緣木求魚；得之目驗，或因世變事遷，亦不可守株待兔。」（90頁）他還把作家單憑古詩進行創作稱之為「意識腐蝕」。王安石根據《離騷》：「夕餐秋菊之落英」寫出「殘菊飄零滿地金」的詩句，引出一股論爭的公案，也是其中一例。他告誡讀者說：「詩文描繪物色人事，歷歷如睹者，未必鑿鑿有據。苟欲按圖索驥，便同刻舟求劍矣。」[5]

5.《管錐編增訂本》第111頁。關於「意識腐蝕」對創作的消極影響，錢先生在《宋詩選注》序中說：「從古人各種著作裡收集自己詩歌的材料和詞句，從古人的詩裡孳生出自己的詩來，把書架子和書箱子砌成了一座象牙之塔，偶而向人生現實居高臨遠的憑欄眺望一番。內容就愈來愈貧薄，形式也愈變愈嚴密。（中略）對外界視而不見，恰似玻璃缸裡的金魚，生活在一種透明的隔離狀態裡。」

3. 情感價值與觀感價值。《鄭風·有女同車》：「有女同車，顏如舜華。」惲做在《大雲山房文稿》中認為詩中的「舜」即「蕣」，其色黑，用它比喻女子的顏容之美不當。他還認為《陳風·東門之枌》中用「荍」（按即錦葵化）描繪女子害羞則可，用來比喻女子面顏之美則非，因它是紫赤色的。錢先生認為，用「紫色」、「黑色」來形容女子的面容之美是古今詩文慣常用法。《史記·趙世家》：「美人熒熒，顏若苕之榮。」《集解》：「其華紫。」《左傳》也有「玄妻」的說法。古羅馬摹寫紅暈也用紫羞。為了講清這個問題，他第一次引進了西方語言學家和美學家艾爾德曼（K·O·Erdman）使用的

「情感價值」和「觀感價值」這兩個概念，認為用紫色、黑色或「杏臉桃頰」「玉肌雪膚」等形容詞，只有「情感價值」而無「觀感價值」。人們若在欣賞藝術作品中只用「觀感價值」，那麼女子的臉和桃杏一模一樣，這個女子豈不成了怪物或患有惡疾的人麼？《衛風‧碩人》用「蠐首娥眉」來寫衛莊姜之美，如果太坐實，莊姜頭上豈不「蟲豸蠢動，不復成人矣」（106頁）。當然，錢先生對這兩個概念的引用在《讀〈拉奧孔〉》中就提出來了，他在談到詩文中顏色字也有虛實之分時提及蘇軾詠牡丹名句「一朵妖紅翠欲流」，明明是「紅」，怎麼又「翠」呢？豈不像笑話中所謂「一樹黃梅個個青」嗎？原來「翠」是虛的，只有「情感價值」，又說：

> 十八世紀寫景大家湯姆遜在《四季》詩裡描摹蘋果花，有這樣一句：「紫雨繽紛落白花」，「白」是實色，「紫」是虛色。歌德的名言：「理論是灰色，生命的黃金樹是碧綠的」；「黃金」那裡又會「碧綠」呢？這裡的「黃金」，正如「黃金時代」的「黃金」，是寶貴美好的意思，只有「情感價值」（Gefühls wert），沒有「觀感價值」（Anschauungs Wert）；換句話說，「黃金」是虛色，「碧綠」是實色，假如改說：「落花如雨炫人眼」或「人生寶樹油然綠」，也就乏味減色了。

錢先生要求我們在鑒賞詩文時，要著重領會詩文的感情意味。而不能坐實當真，銖銖而稱，猶如參禪，死在句

下。這裡既揭示了一個美學意蘊，又揭示了文學鑒賞的一個原則，值得重視。當然，強調藝術真實並不等於可以胡亂寫，他也認為，藝術表現中，允許違背常理，但不能違背情理，基此，他批評曹植《美女篇》中寫採桑女子「腕約金環，頭戴金釵，琅玕（美玉）在腰，珠玉飾體，被服紈素」，試問，如此華貴的打扮，怎能採桑？（131-132頁）

4. 《易》象與《詩》象。關於《易》象與《詩》象的同與不同是錢先生在研究《周易正義》中提出的（15頁）。他認為作為理論書《周易》所用的象喻與作為文學著作《詩經》的象喻的相同點是都有實象與假象之分：所謂實象指客觀存在物，如天地、草木、蟲魚等；所謂假象指心中想象之物，如風從火出，人生羽翼，三首三身等，但由於文體的不同，其用法也不同。

其一，功用不同。《易》象的作用在於取譬明理，而《詩》象的作用是取譬明情。

其二，《易》象可變而《詩》象不可變。錢先生認為《易》象的功用在於說理，道理講明了，所用的象喻即可放棄。即所謂「到岸舍筏，獲魚兔而棄筌蹄」。《易》之象喻並不固定，如《乾》取象既可用「馬」也可用「木果」，《坤》取象既可用「牛」亦可用「布釜」。然而《詩》的象喻往往成為詩的形象。詩通過形象表達情思，形象成了詩的組成部分，不可放棄也不能更改。例如《小雅・車攻》用「蕭蕭馬鳴，悠悠旆旌」來寫打獵的整肅，如果改為「雞鳴喔喔」，就成田園風光了。他打比方說，

《易》象好比旅客暫住的客店，而《詩》象則是落葉歸根的家園。

　　那麼，區分《易》象與《詩》象有什麼作用呢？一、《易》象與《詩》象的區分，可使我們懂得理論思維和形象思維之不同；二、有助於我們欣賞和解釋詩歌。錢先生指出：

　　以《詩》之喻視同《易》之象，等不離者於不即，於是持「詩無達詁」之論，作「求女思賢」之箋；忘言覓詞外之意，超象揣形上之旨；喪所懷來（引申為根本），而無所得返。以深文周內為深識底蘊，索隱附會，穿鑿羅織；匡鼎之說詩（漢朝匡衡以說《詩經》而著名），幾乎同管輅之射覆（三國時魏國管輅，能猜出覆蓋下面的東西），絳帳之授經（後漢馬融掛著絳紗傳授經書），甚且成烏台之勘案。（15頁）

　　這就是說，在解詩過程中，如果對詩中所寫的景物都要言其寓意，就容易造成穿鑿附會。《關雎》本是一篇愛情詩，而《毛傳》卻解為「樂得淑女以配君子，憂在進賢，不淫其色。哀窈窕，思賢才，而無傷善之心。」這種理解從《關雎》象喻中很難看得出來。更有甚者，有人以詩有寓意為藉口，深文周納，造成冤案，宋朝人製造陷害蘇軾的「烏台詩案」就是一例。

（二）含蓄與寄託

　　自屈原《離騷》之後，後代詩人往往參照《離騷》的比興寫有寄託的詩。可以這樣說，寄託手法的運用是古典詩詞重要特色之一。然而帶來的是如何鑑別有無寄託這一棘手問題。錢先生深感這個問題的重要，便在《詩經》研究中從含蓄與寄託的比較入手，進行解決。

　　什麼是含蓄呢？他說：「詩中言之而未盡，欲吐復吞，有待引申，俾能圓足，所謂『含不盡之意，見於言外』。」什麼叫寄託呢？他說：「詩中所未嘗言，別取事物，湊泊以合，所謂『言在於此，意在於彼』。」「含蓄比形之與神，寄託則類形之與影。」（109頁）通過這樣比較，什麼是寄託就清楚了。例如《鄭風・狡童》是首愛情詩，寫得很含蓄，「含不盡之意，見於言外」，而《毛傳》、《鄭箋》都認為是首鄭國賢臣諷刺鄭昭公不能任用賢人而讓祭仲專權的詩，即是有寄託的詩，但我們從詩中看不出「言在此而意在彼」的諷刺，所以是錯誤的。又例如溫庭筠《商山早行》：「雞鳴茅店月，人跡板橋霜」，其言外之意是「道路辛苦，羈愁旅思」而無「言在此而意在彼」，如果有人講成寄託，只能「欲水之澄，反投之以土」，越搞越糟。

　　錢先生對那些胡亂追求寄託的說詩者給予嚴厲批評：「藉口寄託遙深，關係重大，名之詩史，尊以詩教，毋乃類國家不克自立而依借外力以存濟者乎？盡舍詩中所言而別求詩外之物，不屑眉睫之間而上窮碧落，下及黃泉，

以冀弋獲，此可以考史，可以說教，然而非談藝之當務
也。」（110頁）這是談詩的醒世名言，值得認眞記取。

（三）不作《三百篇》之佞臣

　　《朱子語類》論呂祖謙說《詩》有云：「人言何休
爲『公羊忠臣』，某嘗戲伯恭（按即呂祖謙）爲『毛、鄭
佞（花言巧語獻媚）臣』」。錢先生認爲朱熹的話特別
雋永，殊可玩味。由此，他認爲韓愈所云：「周詩三百
篇，雅麗理訓誥，曾經聖人手，議論安敢到？」（《薦
士》）是《三百篇》的「佞臣」，而王世貞指山《三百
篇》中一些疵累，才是《三百篇》的「諍臣」。錢指出：
「《詩經》以下，凡文章巨子如李（白）、杜（甫）、韓
（愈）、柳（宗元）、蘇（軾）、陸（游）、湯顯祖、
曹雪芹等，各有大小『佞臣』百十輩，吹噓上天，絕倒
於地，尊珷（如玉的美石）
如璧，見腫謂肥。不獨談藝
爲爾，論學亦有之。」（398
頁）[6]，我們認爲，錢先生所
提的不僅是《詩經》研究的一
條重要原則，而且也關係到一
代學風的問題。克羅齊《美學
原理》中說：「要了解但丁，
我們就必須把自己提高到但丁
的水平。」這句經常被引用的
名言並不準確，正確的提法應

6.錢先生在該則中指出《詩
經》修辭上的許多毛病，如
《小宛》：「壹醉日富」、
《十月之交》：「艷妻煽方
處」，《大東》：「大東小
東」等例，須附加許多襯字
才能讓人明白。結論是：
「《三百篇》清詞麗句，無
愧風雅之宗，而其蕪詞累
句，又不當惡詩之祖。」
（《管錐編》第151-152
頁）。錢先生還說過這樣的
話：「拜倒於『可能拜之
倒』」。

該是，要了解但丁必須超越但丁。要了解和闡釋《詩經》就必須超越《詩經》，這就是不作「佞臣」給我們的啟示[7]。此外還有「誤解可具聖解」（85頁）[8]糾錯未必即對」（132頁）等理論也很精闢，不再贅述。

7.馬克思說：「人體解剖對猴體解剖是一把鑰匙。低等動物身上表露的高等動物的徵兆，反而只有在高等動物本身已被認識之後才有可能。」說的也是這個意思。

8.錢先生在《詩經》訓釋中，糾正「誤解」而計較「正解」，但有時認為「蚌病成珠」，「誤解有時可勝正解」。「誤解而具聖解」，例如《邶風‧谷風》：「行道遲遲，中心有違。不遠伊邇，薄送我畿」。《箋》：「無恩之甚，行於道路之人，至於將別，尚舒行，其心徘徊。」錢先生認為《箋》說未必貼切詩意，而「自饒情致」。並用宋人胡少汲詩加以闡發（83頁）。又如《邶風‧旄丘》：「叔兮伯兮，褎如充耳。」《箋》：「人之耳聾，恆多笑而已。」他也認為《箋》說與本文「羌無系屬，卻曲體人情。就解詩而論，固屬妄鑿，然觀物態考風俗者，有所取材焉」。（85頁）又譬如《王風‧采葛》：「一日不見，如三月兮」，《傳》云：「一日不見於君，憂懼於讒矣。」錢先生說：「毛《傳》非即合乎詩旨，似將情侶之思慕曲解為朝士之疑懼，而於世道人事，犁然有當，亦筆誤因以成蠅，墨汙亦堪作牸（zi音，指牛）也。」（103頁）。

9.《宋詩選注‧序》。

三、主要經驗

　　創新是人類思維中最美的花朵。錢先生由此批評「宋人能夠把唐人修築的道路延長了，疏鑿的河流加深了。可是不曾冒險開荒，沒有去發現新天地。」[9]後人對《詩經》詩學理論的研究不也如此嗎？我們不也可從錢先生的《詩經》詩學理論研究看出其冒險開荒，發現新天地的重大價值嗎？可以這樣說，他的研究猶如一聲春雷，預報著一個《詩經》新詩學理論建構時期的到來！那麼，錢先生

的研究有哪些重要的經驗呢？

（一）集中全力於《詩經》審美的特殊規律的探尋

應該承認，舊時代的《詩經》詩學只是經學的附庸，「詩言志」被倫理化，「溫柔敦厚」等詩論原則佔絕對統治地位。錢先生集中全力於審美的特殊規律的探尋，標誌著《詩經》研究走上新的歷程。他在《讀〈拉奧孔〉》一文中指出：

在考究中國古代美學的過程裡，我們的注意力常給名牌的理論著作壟斷去了。不用說，《樂記》、《詩品》、《文心雕龍》、詩文話、畫說、曲論以及無數掛出牌子來討論文藝的書信、序跋等等是研究的對象。同時，一個老實人得坦白承認，大量這類文獻的探討並無相應的大量收穫。好多是陳言加空話，只能算作者禮節性地表個態。……倒是詩、詞、隨筆裡，小說，戲曲裡，乃至謠諺和訓詁裡，往往無意中三言兩語，說出了精闢的見解，益人神智；把它們演繹出來，對文藝理論很有貢獻。[10]

10. 錢鍾書《七綴集》（修訂本），上海古籍出版社1994年版，第33頁。他在《讀〈拉奧孔〉》中，提到民間諺語「先學無情後學戲」就可以跟狄德羅關於「演員必須自己內心冷靜，才能維妙維肖地體現所扮角色的熱烈情感」的理論相媲美。

這段話很重要，可看作錢先生為建設中國詩學而提出的宣言。文中特別提到要花力氣從過去不被人們所重視

的，散見於詩詞、小說、筆記，甚至謠諺和訓詁裡整理和發掘藝術理論，爲人們研究中國的詩學提供新的視角。

（二）深深札根於《詩經》文本之中

　　錢先生強調從事文藝理論研究必須從作品實際出發，加深中國文學修養，而僅僅搬弄一些新奇術語，故弄玄虛，對解決實際問題毫無補益。他曾提及，南宋有個蜀妓，寫給她情人一首《鵲橋仙》詞：「說盟說誓，說情說意，動便春愁滿紙，多應是念得《脫空經》，是那個先生教的？」對這種藝術理論的《脫空經》，我們見得還少嗎？錢先生的研究爲我們提供了這樣的經驗：《詩經》詩學研究應該兩條腿走路，其一是對舊有詩學命題的重新闡釋，其二是研究作品，從中總結出新的文學規律和藝術方法來。從價值論的角度看，這個工作更難，卻是唯一能夠抵進最高境界的途徑。錢先生研究還告訴我們：文本是產生原創性詩學原理的最深厚，也最值得珍惜的文化資源，值得格外重視。

（三）借鑒西方理論成果，對《詩經》詩學進行新的總結

　　錢先生常說「鄰壁之光，堪借照也。」在《詩經》詩學研究中，他也是這樣做的。如「感覺情調」[11]、「意識腐蝕」、「情感價值與觀感價值」等，都是借鑒於西方的藝術理論。寫到這裡，筆者忽發遐想：藝術沒有國界，世界

11.「感覺情調」亦稱「第三種性質」，是在研究《周南‧桃夭》中提出來的，指一種先總貌後細節的視覺原則。

必將走向大同。世界詩學早晚總要應運而生。錢先生在中
西藝術理論中尋找許多沒經商量的認同點，不也在爲世界
詩學的建立「來吾導夫先路」嗎？

錢鍾書先生《詩經》研究方法論

　　相傳古希臘的亞歷山大帝在當太子的時候，每當聽
到他父王在國外打勝仗的消息就要發愁，生怕全世界都給
他老子征服了，自己則英雄無用武之地。《詩經》研究已
走過了二千多年的漫長歲月，當今的許多學者不也爲尋求
《詩經》研究的出路而發愁嗎？基此，我們探討錢鍾書先
生的《詩經》研究，將有助於這個問題的解決。法國數學
家、天文學家拉普拉斯說：「認識一位天才的研究方法，
對於科學的進步，對於本人的榮譽，不比發視本身更少用
處，研究方法經常是極富興趣的部分。」[1]這是本人對錢
先生《詩經》研究方法感興趣的原因，因爲思路的轉移要
比觀點的轉移深刻得多，結論　　　　1.拉普拉斯《宇宙本體論》第
雖然重要，但更重要的是得出　　　　445頁。
結論的過程。

　　錢鍾書的《詩經》研究主要集中在《管錐編》第一
冊《毛詩正義》六十則中，也散見於其他三冊之中。同時
《七綴集》、《舊文四篇》、《宋詩選注》等書中也有所
論述。雷內‧威萊克曾指出：「文學研究如果不決心把文
學作爲不同於人類其他活動和產物的一個學科來研究，從

方法學的角度來說就不會取得任何進步。因此，我們必須面對『文學性』這個問題，即文學藝術的本質這個美學中心問題。」[2]錢先生的最大的特色正是以放眼世界，融貫古今的胸襟和氣魄，自覺地以文學和美學的眼光進行研究，從「方法學的角度」實現了研究視角的轉變。例如《管錐編·詩譜序》中，研究了「詩」有三訓，承也，志也，持也。指出這是「並行分訓之同時合訓」（《管錐編》第57頁，以下凡見《管錐編》只注頁數）他又進一步闡明，「志」即「之，往也」「持，止也」「夫『長歌當哭』而歌非哭也，哭者情感之天然發洩，而歌者情感之藝術表現也，『發』而能『止』，『之』而能『持』，則抒情通乎造藝，而非徒以宣洩爲快。」（56頁-57頁）這就在訓詁的基礎上進行藝術表現的快適度的理論闡發了。[3]

2. 雷內·威萊克《比較文學的危機》，轉見張隆溪《比較文學評文集》北京大學出版社1982年版。
3. 藝術表現的快適度是藝術理論的重要問題，英評論家羅斯金說：「一個詩人是否偉大首先要看它有沒有激情的力量，當我們承認它有這種力量以後，還要看他控制它的力量如何。」（《論感情的誤置》）蘇珊·朗格說：「一個孩子嚎啕大哭時，情感比一個藝術家歌唱時情感表現不知要強烈多少倍，可又有誰願意花錢去劇場欣賞一個孩子的嚎哭呢」（《藝術問題》第二講）。

　　錢先生之所以要實現這一方法學的轉變，是鑒於過去的《詩經》研究大多偏重於社會學，訓詁學和文化學的研究，而對《詩經》的文學研究相對來說比較薄弱。另外還有一個具體的原因：即注釋《詩經》的經生們大多不懂文學或知之甚少。他在《管錐編》中經常提到「文

人慧悟逾於學士窮研」「學士觀文，則常是如醉人，不東倒則西攲。或視文章如罪犯，直認之招供，取供定案。或視文章如間諜密遞之暗號，射覆索隱。」⁴經生們爲什麼不能站在文學的立場來把握呢？他認爲其中一個原因是經生們把《詩經》神聖化，「平心看對象時本易解，一旦把對象神化，反視而不見，或釋而難解。」猶如基督教徒看不到《聖經》的文學價值一樣。那麼，錢先生又是如何對《詩經》進行文學研究呢？

4.錢先生還說：「大抵說詩者皆經生，作詩者乃詞人。彼未嘗作詩，故多不能得作詩者之意也。」（68頁）然而，他並波有把經生全部否定，例如讚揚孔穎達對詩歌與音樂關係的分析，並指出：「中國美學史即當留片席與孔穎達」（62頁）。關於解詩「如間諜密遞之暗號，射覆索隱」的問題，洪業先生說：「解釋一首古詩好比一個偵探得著一張沒有首尾的電稿、既缺了年月、地址、又少了上下人名，只好從其簡約文句中猜而再猜而已。從毛公、鄭玄、朱熹、姚際恆到我們也都是這樣猜，那樣猜，只要猜得和本文更近一點，就算了。」（《洪業論學集》第372頁）看法和錢先生有所不同。

一、「小結裹」與「大判斷」

錢先生很欣賞方回《瀛奎律髓》中姚合的批語：「詩家有大判斷，有小結裹。」（1215頁）所謂「小結裹」是指詩的意境，手法或語言等，所謂「大判斷」是指由此引出的理論。歌德曾說，藝術研究應該象一架望遠鏡，一頭放大，一頭縮小，意思與此相當。他的研究正是從「小結裹」開始的，揭示了《詩經》中的「博喻」、「雙關」、「煉字」「丫叉句法」等，而著力最多的則是藝術

範例的研究，例如「思念」是人類最為普遍的情感之一，錢先生揭示了《詩經》抒寫思念的幾種模式：

（一）「以他思寫已思」型（113頁）

《魏風・陟岵》是篇在外行役的人思念家中父母兄弟的詩，按慣常寫法是抒寫行役之人如何思念家中的親人，而該詩卻從對面著筆，寫家中父母兄弟如何想念他，祝願他，錢先生稱之為「以他思寫已思」，並用王建《行見月》：「家人見月望我歸，正是道上思家時」；白居易《邯鄲冬至夜思親》：「想得家中夜深坐，還應說著遠遊人」；鄭會《題邸間壁》：「酴醾香夢怯春寒，翠掩重門燕子閒。敲斷玉釵紅燭冷，計程應說到常山。」等例說明這種範例的影響：

（二）「暝色起思」型（100頁）

《王風・君子于役》是這種範例的代表，方玉潤指出該詩的「傍晚懷人，真情實境，描寫如畫。」[5] 已初步接觸到該詩的藝境，但沒有展開，錢先生用諸多事例，說明「後世取景造境，亦《君子于役》之遺意。」（102頁）

5. 方玉潤《詩經原始》第196頁，中華書局版。

（三）「誰適為容」型（98頁）

《衛風・伯兮》：「自伯之東，首如飛蓬，豈無膏沐，誰適為容？」錢先生指出了徐幹《室思》、杜甫《新

婚別》等均脫胎於此。

（四）「卉木鸛鳥引起思念」型（137頁）[6]

《小雅・杕杜》：「卉木萋止，女心悲止，征夫歸止。」錢先生指出：《豳風・東山》：「鸛鳴於垤，婦嘆於室，灑掃穹窒，我征聿至」同此機杼。王昌齡《閨怨》：『忽見陌頭楊柳色，悔教夫婿覓封侯』；李端《閨情》：『被衣更向門前望，不忿朝來喜鵲聲；柳色，鵲聲亦即『卉萋』、『鸛鳴』之踵事增華也。」此外，錢先生還總結出「企慕」型（123頁），「睹草木生羨」型（128頁）「有名無實」型（153頁）「傷春」型（130頁）等。

> 6.錢先生還總結出古代詩詞中寫思念的另二種方法。其一，用山水阻隔寫思念之深，如歐陽修《踏莎行》：「樓高莫近危欄倚，平蕪盡處是春山，行人更在春山外。」石延年《高樓》詩：「水盡天不盡，人在天盡頭。」其二，想望中的人物雖近，卻比天涯遠。如《鄭風・東門之墠》：「其室則邇，其人甚遠。」《西廂記》第二本第一折《混江龍》「隔花蔭，人遠天涯近。」（參見《宋詩選注》第30頁）

然而，錢先生的研究價值，更在於以實涵虛，從「小結裹」中引出「大判斷」。例如從《衛風・河廣》的研究中提出「詩作的語言有虛而非偽、誠而不實」的論斷，他指出，許多人不懂得這個道理，「據詩語以考訂方輿，丈量幅面，益舉漢（水）廣於河（黃河）之證，則痴人耳。」（95頁）唐詩中有「斗酒十千」和「斗酒三百」的不同說法，有人據此考據唐代酒價的漲落和酒質的優劣問題。他諷刺道：「丞相非在夢中，君自在夢中耳。」（98

頁）在此基礎上，又總結了兩個與之有關的理論。其一：
詩作中「情感價值」與「觀感價值」之分（105頁-106
頁）例如《鄭風・有女同車》中有「顏如舜英」的詩句，
惲敬認爲「舜」即「蕣」，此花其色近黑，怎能用它形容
女子面容之美呢？他還認爲《陳風・東門之枌》中用赤色
的「錦葵花」來描繪顏面之美也不妥當。錢先生用中外許
多詩文事例肯定了這是詩文中常用的手法，它只有「情感
價值」而無「觀感價值」。他反詰道：「如果把『情感
價值』坐實當眞，豈不把『蠐首蛾眉』和『芙蓉如面柳
如眉』，想象爲頭面上蟲豸蠢動，草木紛披，不復成人
了嗎？（106頁）其二：《詩》之象喻與《易》之象喻不
同。《詩》的象喻是取譬明情，而《易》之象喻是取譬明
理，《詩》的象喻是「不離」，離開象便沒有詩，而後者
是「不即」即可離，得意忘言。（11頁-12頁）他指出，
如果不明白這種區分，就容易犯「以深文周納爲深識底
蘊，索引附會穿鑿羅織」的毛病。《毛傳》把《關雎》解
爲「求女思賢」，宋人製造「烏台詩案」，其方法上的錯
誤就在於此。此外，借助《詩經》的研究，闡述詩中含蓄
和寄託的區別也很重要。（108頁-109頁）

　　（美）E・潘諾夫斯基說：「如果說沒有歷史的例
證，藝術理論將永遠是一個關於抽象世界的貧乏綱要。如
果沒有理論方向，藝術史將永遠是一堆無法系統表達的枝
節。」[7]錢先生的「小結裏」
與「大判斷」的研究正是強調
了歷史的例證與理論方向的結

7.轉引自鄭遠春著《圖騰美學
與現代人類》一書的題詞。

合，說明了文學研究最原始的思維活動應是感性的，而不是理性的，是「感」字當頭而不是「知」字當頭。由感性而理解，由理解而引出理論和規律，這是文學研究的一個完整的過程。理論的建立在於發掘，即首先對作品進行深入的體驗，然後進行理論的概括和昇華。錢先生的《詩經》理論研究的再次證明了這個眞理。他曾批評「宋人能夠把唐人修築的道路延長了，疏鑿的河流加深了，可是不曾冒險開荒，沒有去發現新天地。」[8]筆者痛感《詩經》學建構過程中理論的貧乏，由錢先生開荒出的許多詩學理論應該格外受到珍重。

8.錢鍾書《宋詩選注》第14頁。人民文學出版社，1958年版。

二、採百花以釀蜜，自成一家之言

錢先生經常稱引西方哲學家的格言：「博覽群書而匠心獨運，融化百花而自成一味，皆有來歷而別具面目。」（1251頁）他的《詩經》研究是身體力行的，具體表現爲研究的開放性：一、向我國古代的詩，詞、賦、隨筆，小說，戲曲甚至佛典開放。爲了闡釋《衛風・氓》：「士之耽兮，不可說（脫）也」的含意引用了明人院本《投梭記》：「男子痴，一時謎；女子痴，沒藥醫」等材料。可以這樣說，古代許多典籍，特別是明清時代的戲曲，小說和筆記，除了錢先生引用過外，還沒人注目。它說明了我國古代文化遺產是一座取之不盡的寶庫。只要我們進行新的觀照，前人所未曾發現的價值將重新展現在人們面前。

二、向外國文化開放。錢先生研究《詩經》，總是把它放到中西文化大背景中考察，收集西方典籍中有關材料加以闡發和印證。爲了闡釋《邶風‧燕燕》中的送別情景，引用了莎士比亞戲劇中的台詞；爲了闡釋《小雅‧車攻》以動襯靜的藝術手法，引用了雪萊的詩句。順便提及，錢先生的著作寫於閉關鎖國的文化大革命時期，這種開放性是開風氣之先的。三、向文學之外的學科開放，研究中吸收了哲學、宗教學，文化人類學等觀點和方法，使「含糊」變得「明晰」，使「零碎」變得「系統」。其中以民俗學和心理學的借鑒最多最精彩。在《小雅‧車攻》一節中，不僅指出了「以動襯靜」，而且用心理學上的「同時反襯現象」加以說明，使這種藝術辯證法有了重要的心理依據。《邶風‧谷風》：「宴爾新婚，如兄如弟」。這首被遺棄的妻子看到丈夫再婚的吟詠。爲什麼新婚的歡樂用「如兄如弟」來形容呢？錢先生指出這裡涉及到一個民俗學問題：「蓋初民重『血族』（Kin）之遺意也。就血胤論之，兄第，天倫也，夫婦則人倫耳；是以友於（指兄弟）骨肉之親當過於刑於（指夫婦）室家之好。」《三國演義》：「兄弟如手足，妻子如衣服。衣服破，尚可縫，手足斷，安可續？」便可證明。（83頁-84頁）學科間的交融是當代學術發展的趨勢，列維、斯特勞斯把索緒爾的結構主義語言學引入神話研究，發生了巨大的影響。錢先生借鑒其他學科的研究方法爲我們把《詩經》研究引向深入提供了範例。

錢先生曾評論宋代年輕詩人王令道：「仿佛能夠昂頭

天外，把地球當皮球踢似的，大約是宋代裡氣概最闊大的
詩人了。」[9]用這幾句話來形容他本人的學術胸襟和氣魄
也是恰當的。多年來我們習慣於局於一隅的觀照而缺乏一
種雄立於歷史和時代高峰的高度，習慣於仰視式的評釋姿
態，而不習慣於昂首天外的俯
視。傅璇琮說：「錢先生在治
學上對我們後輩的啟示，就是

9.《宋詩選注》第65頁。
10.《錢鍾書研究》第 1 輯第 3 頁。

樹立一個高標準，使我們懂得，這才是眞正做學問，這樣
的治學才眞正在學術上有意義。這才使一切有志者不致淺
嘗輒止，而奮進不已。[10]這裡所說的「高標準」：首先表
現在研究者的自身素養上，既要博古又要通今，既要精通
本國文化，又要熟悉外國文化，既要有舊學功底，又要有
寫詩的體驗。應該說，這種境界難以達到，但我們高山仰
止，心嚮往之。

三、鑒賞──通向《詩經》藝術殿堂的津梁

中華民族是早熟的民族，在周代產生的《詩經》就爲
我們展現了一個無比豐富無比瑰麗的藝術世界。然而我們
應該承認，這樣的藝術世界還沒得到充分而明晰地揭示。
五四時代，不是有人感到《詩經》枯燥無味而寫信向聞一
多先生請教嗎？可見其藝術價值還有待於發掘，就象卞氏
手中的璞玉需要有人鑑識才能成爲傳世之寶一樣。錢先生
在研究中努力把《詩經》之美揭示給人們，其重要的方法
就是鑒賞。正如他自己所說：「詩是有血有肉的活東西」

「我有興趣的是具體的文藝鑒賞和評判。」[11]例如《詩經》

11.錢鍾書《舊文四篇》第4頁。

裡經常用「結」來比喻憂愁。《大雅‧正月》：「心之憂兮，如或結之。」《曹風‧鳲鳩》：「心如結兮」等，我們光讀這些詩句，其用法之妙不可能有深切的領悟。他用《楚辭‧悲回風》：「糾思心以爲纕（佩帶）兮，編愁苦以爲膺（背心）」，元稹《鶯鶯傳》中崔氏寄張生「亂絲一絇（縷）」並言：「愁緒縈絲，因物達情。」李後主《烏夜啼》：「剪不斷，理還亂，是離愁」。李商隱《春光》：「幾時心緒渾無事，得似遊絲百尺長。」張籍《憶遠曲》：「離情兩飄斷，不異風中絲。」姜夔《長亭怨慢》：「算空有並刀，難剪離愁千縷。」等例說明「人之情思，連綿相續，故常以類似條（用絲編織成的帶子）之物名之，『思緒』『情緒』的其例。」（615頁-616頁）錢先生還指出：「西文習稱『思想之鏈』『觀念之線』詩人或詠此念而牽引彼念，糾捲而成『思結』。或詠愛戀羅織而成『情網』，或詠愁慮繞縈而成『憂繭』。」（616頁）都是這種比喻的發展與開拓。從以上分析我們可以得出以下結論：

（一）藝術研究與鑒賞的結合並不是錢先生首創的，我國古代的詩話、詞話絕大多數採用了鑒賞式的批評。在國外，十九世紀也流行過「鑒賞批評」，英國的亞諾德開其端，約翰‧拉斯金繼其後，稍後的普列查特所著的《文藝鑒賞學》還曾一度對我國發生過影響。錢先生的貢獻在於把寓有個性的比較方法運用於《詩經》具體鑒賞上，從

而開闢出《詩經》研究的新天地。

　　（二）「歷史的比較常常投射出非常有意義的光芒，照亮我們理解中的幽暗角落」。（[印度]德·恰巴底亞那《印度哲學》）錢先生收集古今中外有關事例加以聯繫、比較和評析，從而讓人容易看出特色和美的創造來，附帶提及，我們過去講南朝民歌中「絲」的用法，僅僅局限於諧音「思」是不完全的。

　　（三）對《詩經》的藝術研究總要進行歷史的、動態的描述和分析。許多章節可以構成一段小史，從而給讀者以立體的有生命的感受。過去我們講《詩經》的影響，大多停留在現實主義的源頭等空泛的論說上，讀了這樣動態的描述，我們對《詩經》的影響以及在文學史上的地位的感受不是更深嗎？

四、辯證思維的具體運用

　　錢先生對學術成果有一種自覺的美學追求，黎蘭在論其著作時說：「妙趣橫生的幽默，形象生動的比喻，對人情世故的洞幽燭微，不是更令人心醉的嗎？讀錢先生的學術文章，就象看繁星滿天的晴朗的夜空，不管那夜的天有多麼的深邃，而那星星總給人以清新的喜悅。」[12]這種學術文章是那種質木無文，學究式的文章所難企及的。原因很多，但得力於深刻的辯證思維則是最為重要的原因所

12. 黎蘭《文人的手眼》《錢鍾書研究》第1輯第113頁。

在。用有機的整體觀念代替機械的整體觀念，用多向的立
體思維代替單向的線式思維，用動態互爲聯繫的思維方式
代替靜態的孤立的思維方式，從而形成一種開放而又綜合
的思維結構。宋人許顗《彥周詩話》中在評論《邶風・燕
燕》：「瞻望弗及，佇立以泣」時引用張先的詞句：「眼
力不如人，遠上溪橋去。」錢先生指出，這是「一帆秋
色共雲遙；眼力不知人遠，上江橋」的誤憶。（78頁）
並認爲許顗的誤引反而比原詞更富有詩意，更符合送者的
心態：「然『如』字含蓄自然，實勝『知』字，幾似人病
增妍，珠愁轉瑩。」《邶風・旄丘》：「叔兮伯兮，褎如
充耳。」《箋》：「人之耳聾，恆多笑而已」。《邶風・
終風》：「願言則嚏」《箋》：「俗人嚏，云：『人道
我』錢先生認爲，前者之注「與本文尨無系屬，卻曲體人
情」後者之注爲「『穿鑿之見』就解《詩》而論，固屬妄
鑿，然觀物態，考風俗者有所取焉。」（85頁）錢先生
在錯誤中看出正確之處，從誤解中看出正解。這是一種什
麼思維方式呢？美國心理學家阿・盧森堡稱之爲兩面神
思維，爲人類一種高級的思維

方式。[13]「淤泥生蓮花，糞土
生菌芝」，學習這種「亦此亦

13.轉見王依民《〈讀寫人生邊
上〉》，《讀書》1986年第
3期。

彼」的思維方式，改掉「非此即彼」的思維習慣，我們的
研究天地定會寬得多。錢先生的辯證思維還表現在論述
的「圓說」上。在總結《魏風・陟岵》的「用他思寫己
思」之後，本來就可打住，他卻扶剔出一種施於時間的
手法：「在今日想他日之憶今日，如呂本中《減字木蘭

花》：『來歲花前，又是今年
憶昔年。』『一施於空間，一
施於時間，機杼不二也。』」
（116頁）在論證了《小雅·
車攻》以動襯靜之後，又用鮑
照《蕪城賦》：「直視千里

14.在論及《邶風·燕燕》的送
別情景之後，又抉剔出「行
者回顧不見送者之境」，如
謝靈運《登臨海嶠初發疆
中》「顧望脰（頸項）未
悁，汀曲舟已隱；隱汀絕望
舟，驚棹逐驚流」（79頁）

外，唯見起黃埃」等例，總結出「虛空之遼闊者，每以
事物點綴而愈見甚廣。」的理論（138頁）[14]黑格爾說：
「辯證法可象以圓形，端末銜接其往亦即其返，……思維
運行如圓之旋。」（446頁）可見這種「圓說」正是辯證
思維的具體運用。學習這種思維方式，對我們正確對待文
化遺產，開拓視野，開拓研究新局面都有重要的價值。

應當指出：當我們推薦錢先生的研究方法的同時，並
不認為其方法可以涵蓋《詩經》研究的所有層面。正如弗
克瑪和庫恩·伊卜斯在展望未來文學批評時所說：

文學研究具有諸多方面，以致於一個學者的研究不再
涵蓋整個領域。只有這種研究
的協調分配，才能回答我們所
面臨的諸多問題。[15]

我們期待著《詩經》研究園地裡百花齊放而又協同作
戰的局面的到來！

錢鍾書先生《詩經》藝術研究述評

　　錢鍾書先生的《詩經》藝術研究主要集中在《管錐編‧毛詩正義》60則中，此外，《談藝錄》、《宋詩選注》、《七綴集》和《管錐編》的其餘篇章也略有涉及。總結其研究成果，對推動《詩經》的深入研究，對提高我們的藝術鑑賞力，都會有相當大的幫助。

一、關於《詩經》藝術範例的研究

　　林興宅在談到《詩經》在我國文學史的地位時說：

　　《詩經》是中國文學史上第一部詩歌總集，是至今可見的文學創作的完整的原始形態。它孕育並繁衍中國文學傳統，其重要性恰似古希臘的戲劇和史詩之於歐洲文學的傳統。因此，要了解中國文學，就不能不讀《詩經》。而從文學的欣賞的角度看，通過《詩經》的藝術世界，人們可以發現宇宙人生的奧秘和人類心靈的奇幻。《詩經》中的《國風》和《小雅》的多數篇章都是靈魂痛苦的吶喊，人類的情感活動幾乎都在《詩經》中得到某種形式的

表現，它為歷代詩人提供了表現各種情感的範例。抒情詩
在《詩經》時代就達到使人驚
奇的成熟地步，這是令人深思
的。[1]

1.林興宅：《藝術魅力的探尋》，四川人民出版社，第177頁。

　　這段精彩的論述，既闡明了《詩經》的重要價值，又
指出其重要的影響表現在「為歷代詩人提供了表現各種情
感的範例」這一方面，是很深刻的。然而，林興宅並沒有
對其藝術範例作深入的探討，這個缺憾錢先生給解決了，
試以表現「靈魂痛苦」為例：

（一）送別痛苦型（《管錐編》78頁，以下凡見《管錐編》，只注頁數）

　　《邶風·燕燕》：「燕燕於飛，差池其羽。之子於
歸，遠送於野。瞻望弗及，泣涕如雨。」錢先生引用許顗
《彥周詩話》：「真可以泣鬼神矣！張子野長短句云：
『眼力不如人，遠上溪橋去』；東坡與子由詩云：『登高
回首坡壟隔，惟見烏帽出覆沒』；皆遠紹其意。」所謂
「遠紹其意」，就是對《燕燕》送別情境的繼承與發展。
運用這種範例的還有王維《齊州送祖三》、王安石《相送
行》等詩，錢先生認為運用得最好的要數宋人左緯《送許
白丞至白沙，為舟人所誤，詩以寄之》：「水邊人獨自，
沙上月黃昏。」可為後來居上之作。為了揭示範例，他還
提及莎士比亞劇中「惜夫遠行」的一段描寫：「極目送
之，注視不忍釋，雖眼中筋絡迸裂無所惜；行人漸遠浸

小，纖若針矣，微若蟻蠓矣，消失於空濛矣。已矣，回眸而啜其泣矣。」錢先生評說道：「西洋詩人之筆透紙背與吾國詩人之含毫渺然，異曲而同工焉。」

（二）「暝色起愁」型（100頁）

《王風·君子于役》是「暝色起愁」型的代表。錢先生認爲：許瑤光的詩「雞棲於桀（雞棲宿的木架）下牛羊，飢渴縈懷對夕陽。已啓唐人閨怨句，最難消遣是昏黃。」（《雪門詩鈔》卷一《再讀《詩經》四十二首》第十四首）最能體會該詩的藝境。後世按這個範例構築者很多，如司馬相如《長門賦》：「日黃昏而望絕兮，悵獨託於空堂。」此外，潘岳《寡婦賦》、韓偓《夕陽》詩、趙德麟《清平樂》詞等，「取景造境，亦《君子于役》之遺意。」錢先生還提及，皇甫冉《歸渡洛水》中有「暝色起春愁」的詩句，王安石不懂這種範例，把詩中的「起」字改爲「赴」字，以致鬧出笑話。

（三）「睹草木生羨」型（128頁）

《檜風·隰有萇楚》：「隰有萇楚，猗儺其枝。夭之沃沃，樂子之無知。……」

關於這首詩的詩旨，有不同的看法。高亨先生《詩經今注》認爲：「這是一首女子對男子表示愛情的短歌」[2]。可備一說，但若按這種解釋，詩意太淺露，沒有回味可言。錢先生認爲這是一首抒寫人生痛苦的詩，他說：「萇

2. 高亨：《詩經今注》，上海古籍出版社，第190頁。

楚（羊桃）無心之物，遂能夭沃茂盛，而人則有身為患，有待為煩，形役神勞，唯憂用老，不能長保朱顏青鬢，故睹草木而生羨也。」作為萬物之靈的人，竟然羨慕起無知無情的草木，痛苦心情可想而知。這種手法確實比直接傾訴痛苦來得委婉動人。後代沿用這種範例的有姜夔《長亭怨慢》：「樹若有情時，不會得青青如許。」鮑溶《秋思》三：「我憂長於生，安得及草木？」我們補充三例，《紅樓夢》第113回寫紫鵑痛苦的自白：「這活著真苦惱傷心：無休無了。算來竟不如草木石頭，無知無覺，倒也心中乾淨。」劉德華演唱《忘情水》：「給我一杯忘情水，換我一生不傷悲。」《王風・兔爰》：「我生涯逢此百憂，尚寐無覺」也屬於這種抒寫人生痛苦的範例。米開朗基羅在《夜》的雕塑的座子上寫了一首詩：「只要世上還有苦難和羞辱，睡眠是甜蜜的，要能成為頑石，那就更好。一無所見，一無所感，便是我的福氣。因此別驚醒我。啊！說話輕些吧！」人是感情的動物，要忘掉感情不願享受生活，其痛苦心情可想而知。

（四）「誰適為容」型（98頁）

《衛風・伯兮》：「自伯之東，首如飛蓬，豈無膏沐。誰適為容？》該詩用無心打扮寫女子因丈夫遠行不歸的痛苦確實傳神，錢先生指出，徐幹《室思》：「自君之出矣，明鏡暗不治」，杜甫《新婚別》：「羅襦不復施，對君洗紅妝」，是這種範例的延續。我們認為李清照《鳳凰台上憶吹簫》：「香冷金猊（獅子形銅香爐），被翻

紅浪，起來慵自梳頭。任寶奩（梳妝鏡匣）塵滿，日上簾
鉤」，也是一個好例。與《伯兮》相較，一爲淺俗，一爲
清新，各有千秋。

此外，還有《小雅‧節南山》的「踣天蹐地型」
（140頁），《豳風‧七月》的「傷春型」（130頁），
《鄭風‧女曰雞鳴》的「黎明怨別型」（104頁）等，從
而把先民的痛苦藝術地生動地傳達出來，其成熟程度確實
使人驚奇的。然而林庚先生最近卻說：「《詩經》那樣的
作品，還是屬於童年階段的東西，還沒有多少眞正深刻
悲哀的東西。到了戰國時代呢，人們開始眞正認識到悲
哀了。墨子『悲染絲』，楊朱 **3.**《林庚先生談文學史研
『傷歧路』，人們開始眞正認 究》，《文史知識》2000年
識悲哀了。」[3]我們認爲，林 第2期。
庚先生如能更仔細地讀讀《詩經》，讀讀《管錐編‧毛詩
正義》是不會得出這樣的結論的。

錢先生的研究表明，自《詩經》傳播之日起，其藝術
範例便構成超越時空的生命系統，爲後代的創作提供了寶
貴的經驗。我們過去只空洞地講述《詩經》是我國現實主
義創作的源頭，但源流關係並沒有講清楚。讀了錢先生的
文章，會加深我們對這個關係的理解。蘇軾曾說：「熟讀
《毛詩‧國風》、《離騷》， **4.**轉見陳子展《詩經直解》，
曲折盡在是矣！」[4]我們也可 復旦大學出版社，第25頁。
以說，熟悉《詩經》和《離騷》的藝術範例古代詩詞的許
多曲折盡在其中了。錢先生的研究還告訴我們，只有將詩
作融合貫通，用錢先生的話說是舉一反三的打通，對作品

才能更正確更深刻的理解。

二、《詩經》藝術心理研究

文學藝術作為人類社會一種特殊的精神現象，無論從創作還是從欣賞方面，都包含著人豐富的心理活動。如果不對它作心理研究，人們對文學藝術的認識將是不完全和缺乏深度的。因此弗里‧德蘭德說：「藝術是種心靈的產物，因此可以說任何有關藝術的科學研究必然是心理學上的，它雖然可能涉及其它方面的東西，但心理學卻總是它首先要涉及的。」[5]錢先生早在1932年就曾明確地提出，文學藝術的研究「對於日新又新的科學——尤其是心理學和生物學，應當有所借重」[6]。那麼在《詩經》藝術研究中，錢先生是怎樣借重心理學呢？

5. 轉引自朱狄《當代西方美學》，人民出版社，第346頁。
6. 錢鍾書：《美的生理學》，原載《新月月刊》第四卷第五期，1932年2月1日。

（一）借助心理學原理探索《詩經》的藝術奧秘

《小雅‧車攻》：「蕭蕭馬鳴，悠悠旆旌。」《毛傳》：「言不喧嘩也。」原文只寫斑馬長鳴，旗幟迎風飄揚，怎麼說是「不喧嘩」呢？原來這是寫周王打獵前的場面，隊伍整裝待發，嚴肅而安靜地等待號令，這時人們只聽到馬鳴聲和旗幟的飄動聲，從而把嚴肅以待的場面給烘托出來了。錢先生在引用了後代與之相似的詩句，

如王籍《入若耶溪》：「蟬噪林逾靜，鳥鳴山更幽」，杜甫《出塞》：「落日照大旗，馬鳴風蕭蕭」，以及雪萊的「啄木鳥聲不能破松林之寂，轉使幽靜更甚」等詩句之後，指

7.錢先生用鮑照《蕪城賦》：「直視千里外，唯見起黃埃」，王維《使至塞上》：「大漠孤煙直，長河落日圓」等例，說明「虛空之遼闊者，每以有事物點綴而愈見其廣」。

出：「詩人體物，早具會心。寂靜之幽深者，每以得聲音襯托而愈覺其深：虛空之遼廣者，每以有事物點綴而愈見其廣」[7]，認為這種以動襯靜的藝術手法是運用心理學中的「同時反襯現象」於創作之中，從而為《詩經》的藝術辯證法找到了心理學的依據。《邶風·靜女》：「自牧歸荑，洵美且異，匪女之為美，美人之貽。」《正義》：「言不美此女，乃美此人之遺於我者。」錢先生認為《正義》的解釋是錯的，「詩明言物以人重，注疏卻解為物重於人，茅草重於姝女，可謂顛倒好惡者」。正確的解釋是：「詩人至情洋溢，推己及他。我而多情，則視物可以如人，體貼心印」（86頁）。這就說明，早熟聰慧的先民們早就會運用移情藝術了。不懂移情心理，也就不能欣賞《靜女》的藝術奧妙。

　　文藝心理學認為，物理空間、物理時間與心理空間、心理時間並不相等。魯樞元說：「兩口子的身材本來一樣。但在街上一起走時，看上去妻子卻比丈夫高出許多：在車站的夜晚等上一個小時的火車，與周末的晚上看上一個小時的電影，表上時鐘移動的距離是相等的，然而在感覺上，前邊的一個小時要比後邊的一個小時漫長得

多。」[8]可喜的是，《詩經》
中早就有許多精彩的心理時
間、心理空間的描寫，比如

8.轉引自《文藝學方法論講演集》，第羽93頁。

《王風·采葛》：「一日不見，如三秋兮」，這種心理時間的描寫已為人們所熟悉，《小雅·正月》：「謂天蓋高，不敢不局；謂地蓋厚，不敢不蹐。」意思是誰說天很高？我走路不敢不彎腰；誰說地很厚？我走路不敢不躡腳。」天地如此寬廣，詩人為什麼感到無處容身呢？錢先生說：「國治家齊之境地寬以廣，國亂家哄之境地仄以逼。此非幅員（空間）、漏刻（時間）之能殊，乃心情際遇之有異耳。」（140頁）說明這是一種審美的心理空間的描寫。後代運用這種藝術的有左思《詠史》之八「落落窮巷士，抱影守空廬。出門無通路，枳棘塞中途。」李白《行路難》：「大道如青天，我獨不得出。」孟郊在科舉失意之後寫道：「出門即有礙，誰謂天地寬？」（《送崔純亮》），而中舉之後寫道：「我馬亦四蹄，出門似無地。」（《長安旅情》）「春風得意馬蹄疾，一日看盡長安花。」（《登科後》），《小雅·節南山》：「我瞻四方，蹙蹙靡所騁」，王爾德名劇中寫女主角逃亡國外也有類似的對話：曰：「世界偌大」，女答曰：「大非為我也；在我則世界縮如手掌小爾，且隨步生荊棘。」錢先生評論道：「出獄猶如在獄，逃亡也等拘囚」何等痛苦。（141頁）

（二）借助《詩經》研究，豐富我國文藝心理學內容

錢先生曾說：「培根早謂研求情感（affections），不可忽視詩歌小說，蓋此類作者於斯事省察最精密；康德《人性學》亦以劇本與小說為佐證；近世心析學及存在主義論師尤昌言詩人小說家等神解妙悟，遠在心理學專家之先。」（227-228頁）錢先生是這樣說的，也是這樣做的。[9]他對《鄭風》中的《鄭風·褰裳》、《鄭風·豐》、《鄭風·子衿》這三首詩進行綜合分析，認為這三首詩開創後世小說言情心理描寫的三種類型：1. 強顏自解型：《褰裳》「子不我思，豈無他人？」2. 自怨自艾型：《豐》「悔余不送兮」，「悔余不將（指隨你而去）兮」。3. 薄責己而厚望於人型：《子衿》「縱我不往，子寧不嗣音？」（110頁）《陳風·澤陂》：「有美一人，……碩大且儼」。《毛傳》：「卷，好貌……儼，矜莊貌。」錢先生不同意這種解釋，他根據《太平御覽》卷三六八引《韓詩》作「碩大且嫣」，薛君曰：「嫣，重頤（俗語所說的雙下巴）也」的材料，參照《楚辭·大招》寫美人用「豐肉微骨，體便娟只」，以及唐宋畫仕女。唐墓中女俑皆曾（層）頰重頤等佐證（127

9.例如六朝虞和《上明帝論書表》有這樣的話：「凡書雖同在一卷，要有優劣。今此一卷之中，以好者在首，下者次之，中者最後。所以然者：人之看書，必銳於開卷，懈怠於將半，既而略進，次遇中品，賞悅留連，不覺終卷。」錢先生從這則材料中提煉出心理學上的「興趣定律」。這種「興趣定律」不僅可以於編書，也可用於節目的編排，文章的布局謀篇等。它充分說明，我國古代文獻蘊藏著豐富的思想資源，等待我們去發掘。（1323-1324頁）

頁）說明《詩經》時代有女子以高大肥胖爲美的審美觀。它不僅解決了《陳風・澤陂》抒情主人公的性別問題[10]，而且也爲唐宋仕女以肥胖爲美的審美心理找到了歷史淵源。

此外，錢先生還通過《陳風・衡門》中的「衡門之下，可以棲遲；泌之洋洋，可以樂飢（使人賞玩而忘了饑餓）」抉發出「慰情退步心理」（125-126），借助《鄭風・狡童》總結出「見多情易厭，見少情易變」的愛情心理。（109頁），借助《豳風・七月》總結出「名勝欲心理」（132頁）借助《王風・采葛》總結出古代官場中的「戀位心理」（103頁）等，對豐富和發展我國的心理學是有相當大的助益的。值得重點提出的是，錢先生從《衛風・木瓜》一詩中拈出送禮心理，更具現實價値。《衛風・木瓜》：「投我以木桃，報之以瓊瑤。」講的是薄送而厚報的心理，以之相反的則有：「小往而責大來」的社會心理。《史記・滑稽列傳》記載淳於髡譏笑那些向鬼神祈求豐收而只供奉很少祭品爲「所持者狹，而所欲者奢」。這種「當其捨時，純作取想」（100頁）的送禮心理今天不是更加普遍嗎？

10. 聞一多《詩選與校箋》、余冠英《詩經選譯》、程俊英《詩經譯注》都認爲《陳風・澤陂》是首女子思念男青年的詩，因爲身材高大肥壯正是男子的審美特徵。殊不知審美觀念是隨時代變化而變化，《衛風・碩人》也是用身材高大肥美來讚美衛莊姜。根據錢先生的論證，《澤陂》應是一首男子思念女青年的詩而不是相反。

三、歌詩研究及其他

關於《周南・卷耳》的章法向來眾說紛紜，但最有影響的有兩種：（一）這是一首女子思念在外服役丈夫的詩，首章爲女子自述，二、三、四章爲女子對其丈夫服役在外的測想。方玉潤說：「此詩當是婦人念夫行役而憫其勞苦之作。」「[一章]因採卷耳

11.方玉潤：《詩經原始》，中華書局，1986年版，第78頁。
12.施蟄存：《蘋花室詩見》。
13.《詩經今注》，第5頁。上海古籍出版社，1980年版。

而動懷人念，故未盈筐而『置彼周行』，已有一往情深之概。[二、三、四章]皆從對面著筆，歷想其勞苦之狀，強自寬而愈不能寬。末乃極意摹寫，有急管繁弦之意。後世杜甫『今夜鄜州月』一首，脫胎於此。」[11]此說影響最大，郭沫若《卷耳集》、聞一多《風詩類鈔》、余冠英《詩經選》、程俊英《詩經譯注》皆從之。（二）這是一首在外的丈夫想念家中女子的詩。施蟄存說：「我以爲這首詩完全是征人的憶別或幻覺。採卷耳是他倆離別時的情景，或許也是她的日常作業，正如採桑一樣。」[12]高亨先生說：「作者似乎是個在外服役的小官吏，敘寫他坐著車子，走在艱險的山路，懷念著家中的妻子。」[13]儘管以上說法均有一定的道理，但有一個難題都無法解決，即一章的「我」和其餘三章的「我」很難統一。所以錢先生說：「夫『嗟我懷人』，而稱所懷之人爲『我』——『我馬虺隤（馬足疲病不能登高）、玄黃（馬病）』，『我姑酌彼金罍，兕觥（飲酒器，形狀像伏著的犀牛）』，『我僕

痡矣』——葛龔（葛龔：東漢人）莫辨（葛龔莫辨：指分不清你我），扞格難通。」（67頁）錢先生認為該詩是代言體的寫法，「作詩之人不必即詩中所詠之人，婦與夫皆詩中人，詩人代言其情事，故各曰『我』。首章托為思婦之詞，『嗟我』之『我』，思婦自稱也，……二、三、四章托為勞人之詞，『我馬』、『我僕』、『我酌』之『我』，勞人自稱也」。「夫為一篇之主而婦為賓也。男女兩人處兩地而情事一時，批尾家謂之『雙管齊下』，章回小說謂之『話分兩頭』，《紅樓夢》第五四回王鳳姐仿『說書』所謂：『一張口難說兩家話，花開兩朵，各表一枝』」（67-68頁）為了證明該說的成立，他分別引用了我國古代的詩詞、小說以及西方當代所謂「嗒嗒派」（Dada）者，創「同時情事詩」體加以說明。那麼錢先生為什麼能夠得出新的結論從而解決《詩經》學中一道難題呢？主要原因是採用了歌詩研究這一新視角。大家知道，《詩經》是可以歌唱，是可以合樂歌唱的唱本，既然是唱本，詩中的「我」往往不是詩人本身。錢先生說：「篇中之『我』，非必詩人自道。假曰不然，則《鴟鴞》出於口吐人言的妖鳥，而《卷耳》作於女變男形之人痾（病）也。」（87頁）其次，既然是唱本，其章法必須符合演唱的需要，比如《唐風・綢繆》的章法，絕大部分研究著認為三章都是抒發新郎迎親時喜悅之情的，而錢先生從歌詩的角度進行深入研究，提出「首章托為女之詞，稱男『良人』；次章托為男女和聲合賦之詞，故曰『邂逅』，義兼彼此；末章托為男之詞，稱女『粲者』。

單而雙，雙復單……譬之歌曲之『三章法』：女先獨唱，繼以男女合唱，終以男獨唱，似不必認定全詩出一人之口而斡旋『良人』之稱也」（120-121頁）。錢先生的研究表明，從歌詩角度研究《詩經》，可以更深入地發現問題和解決問題，不失爲重要研究視角。這種研究前人已經做過，但很不夠，應引起《詩經》研究者的分外重視。[14]

此外，錢先生還論及《詩經》其他藝術特徵，比如認爲《衛風·氓》「文字之妙有波瀾，讀之只覺是人事之應有曲折」（93頁）。《小雅·採薇》：「昔我往矣，楊柳依依」已成千古名句，後人沿襲這種寫法的不少，而學得更好的是李商隱《贈柳》中的「堤遠意相隨」，袁枚《隨園詩話》卷一曾讚譽爲「眞寫柳之魂魄」。儘管如此，錢先生還認爲「添一『意』字，便覺著力。寫楊柳性態，無過《詩經》此四字者。」[15]在煉字方面，錢先生非常讚賞《小雅·小弁》中的「我心憂傷，惄（憂思傷痛）焉如搗」中的「搗」字，「可稱驚心動魄，一字千金」（153頁）[16]

14.《鄭風·女曰雞鳴》第二章結尾爲「琴瑟在御，莫不靜好」。這兩句有些突兀，錢先生同意張爾歧《蒿庵閒話》卷一的說法：「此詩人凝想點綴之詞，若作女子口中語，似覺少味，蓋詩人一面敍述，一面點綴，大類後世弦索曲子。《三百篇》中述語敍景，錯雜成文，如此類者甚多」（105頁）。這一則也是從歌詩的角度研究而得出新結論的。

15.錢鍾書：《談藝錄》，第220頁。中華書局1984年版。

16.錢先生還論及陶淵明《歸去來兮辭》：「舟遙遙以輕揚」至「亦崎嶇而經丘」一節是詩人未到家而想象到家的情狀，這種藝術手法始於《豳風·東山》第三章，寫征人尚未到家而意中已有「鸛鳴於垤，婦嘆於室，灑掃穹窒」等情景。陳啟源《毛詩稽古編》認爲《東山》第三章是寫居者的情景，顯然是沒能讀懂作者的創作用心。（1226頁）。

四、錢鍾書《詩經》藝術研究的主要方法

《詩經》學作為一門具有近兩千五百年之久的顯學，其成果和影響是其他學科所難以企及的。然而自漢代《詩經》被尊奉為「經」之後，藝術研究成為《詩經》學的薄弱環節，正如明人萬時華所說：「今之君子知《詩》之為經，不知《詩》之為詩，一蔽也。」（《詩經偶箋·序》，到了「五四」以後，這種情況有了很大的轉變，人們大膽地用文學眼光研究《詩經》，並取得一定的成績，然而從總體上看，由於研究者的素質較低，藝術研究仍停留在較低的層次上[17]。錢先生曾說：「偏是把文學當作職業的人，文盲的程度似乎更加厲害。好多文學研究者，對於詩文的美醜高低，竟毫無欣賞和鑑別。」[18]這種藝術盲在我們《詩經》研究隊伍中仍然較為普遍地存在著，基此，錢先生的《詩經》藝術研究可說是對當代《詩經》學的深化與開拓，值得我們借鑑與重視。那麼，他的主要研究方法是什麼呢？

17. 建國後，對《詩經》的藝術分析沒脫離《詩經》是我國現實主義的源頭，賦、比、興的具體運用和章法上的重章疊唱等分析上就是證明。
18. 錢鍾書：《錢鍾書文集·釋文盲》。甘肅人民出版社1999年版。
19. 《七綴集·中國詩與中國畫》。（修訂本）上海古籍出版社1985年版第7頁。

（一）從作品的本文出發，進行具體的鑒賞與評判

錢先生對於藝術研究，有個著名的宣言：「我想探討的，只是歷史上具體的文藝鑒賞和評判。」[19]所謂「具體的文藝鑒賞與評判」，就是強調從本文出發，觀察和

分析具體的藝術現象，從中總結出藝術經驗或理論來。比如我們讀《小雅・正月》「心之憂矣，如或結之」。對於詩人為什麼要用「結」來抒寫心中的憂愁不甚了了。錢先生作了具體的形象的闡釋：「人之情思，連綿相續，故常語徑以類似線索之物名之」。原來，「結」字從絲，絲有連綿不斷、越攪越亂的特點，用它來描繪心中的愁苦是再恰當不過。《太平廣記》卷四八八元稹《鶯鶯傳》崔氏寄張生「亂絲一絢（量詞，指一束絲）」，自言：「愁緒縈絲，因物達情」就是一個好例。此外，有施肩吾《古別離》：「三更風作切夢刀，萬轉愁成系腸線」。李煜《烏夜啼》：「剪不斷，理還亂，是離愁。別是一番滋味在心頭」。賈島《客喜》：「鬢邊雖有絲，不堪織寒衣」等。《楚辭・悲回風》：「糾思心以為纕（佩帶）兮，編愁苦以為膺（胸，指胸前的飾物）。」錢先生闡釋道：「『為纕』、『為膺』，化一把辛酸淚為滿紙荒唐言，使無緒之纏結，為不紊之編結，因寫憂而造藝是矣。（616-617頁）通過以上的鑒賞，我們才深切領會到《詩經》用「結」寫憂愁的生動性和獨創性，同時認識到什麼是「寫憂造藝」這一藝術理論。錢先生站在悲劇性的文學高度，從具體文藝現象出發，道出了文學藝術發展的一個帶普遍性的規律。

（二）打破學科界限，對《詩經》藝術進行綜合研究

　　人文科學在發展的早期混然為一的，後來隨著生產的發展，社會的分工，學術領域分得越來越細，而且互不相干。近代以來，人們已開始感到：人文科學的發展必須

打破學科的界限，走綜合研究
的道路。王國維先生在20世紀
初說：「異日發明光大我國之

20.王國維：「奏定經學科大學
文學科大學章程書後》，
《靜庵文集續篇》。

學術者，必在兼通世界學術之人，而不在一孔之陋儒固可
決也。」[20]學貫中西而又博古通今的錢先生正是王國維所
期待的學者。他的研究方法和舊學者的區別之處也在這
裡。《鄭風·有女同車》：「有女同車，顏如舜華」。惲
敬在《大雲山房文稿》中認爲詩中的「舜」即「蕣」，其
色黑，用它比喻女子顏面之美不恰當。他還認爲《陳風·
東門之枌》中用紫赤色的「茠」（植物名，一名荊葵，又
叫錦葵）來描繪女子面部之美也不合適。（105頁）錢先
生爲了解決這個關係文藝美學的大問題，引用古今中外的
詩文、《史記》、《左傳》以及古羅馬艷詩等材料說明用
「黑色」或「紫色」來形容女子面部之美是文藝中慣常方
法。爲了從理論上講清問題，他第一次引進西方語言學家
和美學家艾爾德曼（K.O.Erdman）使用的「觀感價值」
和「情感價值」這一對概念。錢先生認爲用「紫色」、
「黑色」或古人常用的「杏臉桃頰」、「玉肌雪膚」等形
容詞，只有「情感價值」而無「觀感價值」。人們在欣賞
藝術作品時，如果只單純使用「觀感價值」，就會把「螓
首蛾眉」、「芙蓉如面柳如眉」想象成「頭面之上蟲多蠢
動，草木紛披，不復成人矣」
（106頁）[21]。錢先生借助中外
的事例和理論，提出「觀感價
值」與「情感價值」的理論命

21.錢先生在《讀拉奧孔》一
文中還論及：「例如英語
『紫』字有時按照它的拉丁
字根的意義來用，不指顏
色，而指光彩明亮，恰像

題，不僅有助於對《詩經》藝術的欣賞，而且可以豐富我國文藝學理論寶庫。維特根斯坦有句名言：「天才並不比其他任何人有更多的光——但是他有一個能聚至燃點的透鏡。」錢先生手中的「透鏡」，即是能打破國界、打破時空、打破學科的綜合研究、綜合創造。它代表著《詩經》研究以及其他人文學科未來的發展方向。

『翠』字乃『鮮明貌，非色也』。十八世紀寫景大家湯姆遜描摹蘋果花，就有這樣一句：『紫色繽紛落白花』：『白』實色，『紫』是虛色。歌德名言：『理論是灰黑的，生命的黃金樹是碧綠的』；『黃金』那裡會『碧綠』呢？這裡的『黃金』正如『黃金時代』或『黃金容顏』的『黃金』，是寶貴、美好的意思，只有『情感價值』，沒有『觀感價值』。換句話說，『黃金』是虛色，『碧綠』是實色。假如改說：『落花如雨白晶瑩』或『人生寶樹油然綠』，也就乏味減色了。」

五、不做《詩經》的佞臣，堅持剛正不阿的學術品格

　　錢先生很推崇黑格爾的名言：「治學必先有真理之勇氣。」用在研究與評判上，就是要盡力求實，求真，不迷信，不護短。他對屈原的作品評價很高，但也指出其「撲朔迷離，自違失照」（592頁）等毛病，對其他大詩人，如曹植、李白、杜甫、陸游的詩作也有所批評。[22]他對待一部對我國歷史文化有重要影響的《詩經》的評判也是如此，他

22.錢先生認為，藝術真實不等於生活真實，但藝術真實並不等於胡亂寫。他批評曹植「《美女篇》：『美女妖且閒，採桑歧路間』，中間極寫其容飾之盛，傾倒行路，……然此女腕約金環，頭戴金釵，琅玕在腰，珠玉飾體，被服紈素，以此採桑，得無如佩玉瓊琚之不利步趨乎！」（131-132頁）

指出：「《三百篇》清詞麗句，無愧風雅之宗，而其蕪詞累句，又不啻惡詩之祖矣。」（152頁），他舉例說：「《小宛》：「壹醉日富」（飲酒一醉，自謂日益富），《何人斯》：「其心孔艱」（其持心甚難知），《大東》：「大東小東」（大亦於東，小亦於東）等，語言約省過甚，須加許多襯字才能明白。基於此，他批評韓愈所宣揚的「周詩三百篇，雅麗理訓誥，曾經聖人手，議論安敢到！」（《薦士》詩）是作了《詩經》的「佞臣」（指花言巧語諂媚的人）；並認為這不是個別現象，指出：「《詩經》以下，凡文章巨子如李（白）、杜（甫）、韓（愈）、柳（宗元）、蘇（軾）、陸（遊）、湯顯祖、曹雪芹等，各有大小『佞臣』百十輩，吹噓上天，絕倒於地，尊珷（似玉的美石）如璧，見腫謂肥。不獨談藝為爾，論學亦有之。」（398頁）看來這種學術的不正之風到了該好好清算和糾正的時候了。

　　《詩經》在描寫方面也過於簡略，缺乏烘托。錢先生說：「竊謂《三百篇》有『物色』而無景色，涉筆所及，止乎一草、一木、一水、一石，即俟色揣稱，亦無以過《九章‧橘頌》之『綠葉素榮，曾枝剡棘，圓果搏兮，青黃雜糅』。《楚辭》始解以數物合布局面，類畫家所謂結構、位置者，更上一關，由狀物進而寫景。」（613頁）例如，同寫秋景，《秦風‧蒹葭》「蒹葭蒼蒼，白露為霜，所謂伊人，在水一方」，就不如《湘夫人》：「帝子降兮北渚，目眇眇兮愁予。嫋嫋兮秋風，洞庭波兮木葉下。」同是寫美人。《鄭風‧有女同車》：「顏如舜華」

確實不如《楚辭·招魂》：「美人既醉，朱顏酡（臉紅）
些」，《楚辭·大招》：「朱唇皓齒，嫭（美好）以姱只
（容貌美好，世間難得）。容則秀雅，稚朱顏只」（圓圓
臉蛋挺秀氣，紅紅的面色泛紅光）；宋玉《好色賦》：
「施粉則太白，施朱則太赤」。錢先生認為《楚辭》「色
彩烘托，漸益鮮明，非《詩》所及矣。」（93頁）

　　常言道，智者千慮，必有一失。錢先生的研究也難
免有不足之處。比如他批評歷史學家陳寅恪有繁瑣考證的
毛病，其例子是陳氏在《元白
詩箋證稿》中考證楊貴記入宮
時，是不是「處女」的問題。
其實「陳氏那一番考辨是為
了證朱子『唐源流出於夷狄，
故閨門失禮之事不以為異』
的大議論」[23]，是不能算繁瑣

23. 余英時：《我所認識的錢鍾
書先生》，《文化崑崙》
第205頁，並參看敏澤《論
錢學的基本精神和歷史貢
獻》，見《錢鍾書研究集
刊》（第一輯）。
24. 轉見《藝術學概論》第233
頁。

考證的。筆者在讀《管錐篇·毛詩正義》時，總處於一
種矛盾的心態之中，為錢先生的許多賞析拍案叫絕，又
為缺乏整篇詩的以及整部詩集的整體觀照而深深遺憾。
格式塔心理學家魯道夫·阿恩海姆強調藝術欣賞中審美
知覺的完整性，他說，「藝術作品就是通過物質材料造
成的完整結構來喚醒鑒賞者整個身心結構的反映。」[24]
列夫·托爾斯泰在給斯特拉霍夫的信中也說：「在我所
寫的全部作品中，指導我的是，必須將彼此聯繫的表現
自己的思想聯結在一起，但是，每一個詞句表現出來的
思想，如果單獨地從它所在的聯結中抽出來，那就失掉

了它的意義而大為失色。」[25]看來，光抽詩篇的兩句進行賞析既限制了錢先生鑒賞能力的發揮，又局限了《詩經》藝術魅力的闡發。

其次，在一些具體的結論和賞評方面，也有進一步推敲的必要。比如《周南·桃夭》：「桃之夭夭，灼灼其華。」《毛傳》：「夭夭，少壯貌。」王宗石《詩經分類詮釋》：「夭夭，樹枝屈曲隨風搖曳的樣子。比喻少女體態婀娜多姿。」錢先生卻解為「笑笑」，並用後代許多詩例如李商隱《即日》：「夭桃唯是笑，舞蝶不空飛，」《嘲桃》：「無賴夭桃面，平明露井東，春風為開了，卻擬笑東風」等加以印證。但《桃夭》中的「夭夭」是連綿詞，與後代的「花笑」不同，台灣趙制陽先生提出商榷是有道理的。[26]

再次，《管錐編·毛詩正義》的引文錯漏太多，這是不爭的事實。當然我們應該看到，《管錐編》寫於「文化大革命」期間，查對資料有許多不便，但把黑的說成白的，把錯誤說成正確，是不符合實事求是的應有態度。

25. 轉見《文藝理論譯叢》第一冊第231頁。又如郎吉納斯（Langinus）所說：「文如一體，非一肢一節之為美。」泰戈爾名言：「採摘花瓣，得不到花的美麗。」

26. 趙制陽認為：「笑」字本字從「竹」從「犬」，不從「夭」，作於西周的「桃夭」的本義，《說文》解為「屈」，《毛傳》訓為「少」，「夭夭」可訓為「少壯貌」，又可訓為「屈而未申」貌，《論語》也有證。錢先生訓「夭」為「笑」，說「桃之夭夭」為「桃花在笑」，從字源和詩文兩方面予以探討，知其思慮未及周詳。」轉見中國詩經學會編《會務通訊》1996年第4期，趙氏的原文《與錢鍾書先生談〈毛詩正義〉》，載台北《中國語文》月刊468期（1996年6月）。

　　順便提及，早在40年代，錢先生在《談藝錄》中開篇一句就聲言：「余雅喜談藝」，他一生治學的最突出的貢獻也在這裡，特別是對中國古典藝術的闡釋用力最勤，成就最高。談哲學、談歷史、談宗教都是為了闡釋古典藝術（特別是古典文學）的「詩心文心」（他關於現當代的文學藝術概不涉及）；而「文化」的涵蓋面相當廣，包括物質與精神兩部分，學界有人把「錢學」稱之為「文化崑崙」，帽子顯然大了，對「錢學」如此定位，並不符合實際，也不利於「錢學」的研究與發展。

《管錐編‧毛詩正義》學習札記

　　敏澤先生在《管錐編論文集）序》中說：「如果說
錢鍾書先生以往著作的淵博和精深早已爲世人所驚羨和折
服的話，那麼論述《周易正義》、《毛詩正義》、《左傳
正義》、《史記今注考證》、《老子王弼注》，《列子張
湛注》、《焦氏易林》、《楚辭洪興祖補注》、《太平廣
記》、《全上古三代秦漢三國六朝文》的學術巨著《管錐
編》的問世，就更加使人神往目炫，嘆爲觀止了。」

　　《管錐編》是錢先生畢生治學的集大成之作，也是
近年來學術界的重要研究成果之一。爲了使這一成果在各
方面引起應有的重視和及時的傳播，學術界已有人寫出
了一些較有價值的評介性文章和專書。鄭朝宗先生更在
《文學評論》上屬文，慷慨激昂地向學術界推薦道：「在
十年浩劫，學術凋敝的情景下，出現了一部如此結實，如
此豐富，如此引人入勝的批評著作，也大堪自慰。足見魑
魅魍魎雖可肆虐於一時，而終不能奪我民族靈秀之氣，
薪不盡，火猶傳，必將發揚光
大，重放異彩，這是毫無疑義
的。」[1]這裡我們僅就《管錐

1. 鄭朝宗：《研究古代文藝批
評方法論的一種範例》，
《文學評論》1980年第6期。

篇》中的《毛詩正義》六十則，談一些學習的心得，以期
對錢先生的學術成就有進一步的了解，並試圖以此推動對
《詩經》的深入研究。

一、對《詩經》藝術範例的研究

　　林興宅在談到《詩經》在文學史上的地位時說：
「《詩經》是中國文學史上第一部詩歌總集，是至今可見
的文學創作的完整的原始形態。它孕育並繁衍中國歷代文
學的傳統，其重要性恰似古希臘的戲劇和史詩之於歐洲
文學的傳統。因此，要了解中國文學，就不能不讀《詩
經》。而從文學欣賞的角度看，通過《詩經》的藝術世
界，人們可以發現宇宙人生的奧秘和人類心靈的奇幻。
《詩經》中的《國風》和《小雅》的多數篇章都是靈魂痛
苦的呼喊，人類的基本情感活動幾乎都在《詩經》中得到
某種形式的表現，它為歷代詩人提供了表現各種情感的範
例。抒情詩在《詩經》時代就
達到使人驚奇的成熟地步，這
是令人深思的。」[2]

2. 林興宅：《藝術魅力的探尋》第177頁。走向未來叢書。中國社會社1984年版。

　　這段精彩的論述，指明了《詩經》在我國文學史上
的重要地位及其積極的影響，而其地位和影響則集中表現
在「為歷代詩人提供了表現各種感情的範例」這一重要方
面。可惜林興宅先生沒有對《詩經》的範例作更深入的分
析和研究。這個不足，由錢先生彌補了，下面我們分別論
述之。

（一）送別情境型

錢先生以我國最早的送別詩《邶風‧燕燕》爲研究的起點，對古代送別詩作了縱向的觀照。《邶風‧燕燕》第二章詠道：

> 燕燕於飛，頡之頏之。之子於歸，遠於將之。瞻望弗及，佇立以泣。

該詩舊注是莊姜送戴嬀的詩。春秋時衛莊公妻子莊姜沒有兒子，就以小妾戴嬀的兒子名叫完的做兒子。莊公死後，完即君位，被殺。戴嬀沒有依靠，只好回娘家去，莊姜送她，寫了這首詩。首先錢先生引用了宋許顗《彥周詩話》對該詩的分析：「眞可以泣鬼神矣，張子野長短句云：『眼力不如人，遠上溪橋去』；東坡與子由詩云：『登高回首坡壟隔，惟見烏帽出復沒』；皆遠紹其意。」這就把《燕燕》一詩的感情範例及其影響介紹出來了。爲什麼說「瞻望不及，佇立以泣」「眞可以泣鬼神」呢？因爲一般的送行，客人車子走了，送客者就回去了。莊姜不這樣，她送戴嬀直到戴嬀的車子已經望不見了，還那樣留戀地望著，而且哭得那麼傷心，又那麼眞切，所以說「眞可以泣鬼神矣」。爲了說明這個範例，錢先生進一步用後代古詩的例子加以申述。如張先《一叢花令》：「嘶騎漸遙，征塵不斷，何處認郎蹤。」王維《觀別者》：「車徒望不見，時見起行塵。」李白《黃鶴樓送孟浩然之廣陵》：「孤帆遠影碧空盡，唯見長江天際流。」王安石

《相送行》：「但聞馬嘶覺已遠，欲望應須上前坡；秋風
忽起吹沙塵，雙目空回不見人。」明何景明《河水曲》：
「君隨河水去，我獨立江幹。」等等。以上介紹是從送者
的角度寫的。錢先生還從行者的角度介紹了謝靈運《登臨
海嶠初發疆中》和謝惠連《西陵遇風》兩首詩，並認爲這
兩者詩「與《燕燕》所寫意境，正如葉當花對也。」（見
《管錐編》第78-79頁，以下只注頁碼）讀了這段文字，
使我們對古代送別詩有了個立體感受，無異於讀了一部微
型的送別詩沿革小史。

（二）心理錯覺型

　　文藝心理學認爲，物理空間、物理時間與心理空間、
心理時間並不相等。魯樞元說：「兩口子的身材本來一
樣，但在街上一起走時，看上去妻子卻比丈夫高出許多；
在車站的夜晚等上一個小時的電車與在周末的晚上看上一
個小時的電影，表上時針移動的距離是相等的，然而在感
覺上前邊的一個小時要比後一
個小時漫長得多。」[3]因此，
許多作者有意識地利用這種主
體感知客體而發生的種種錯覺

3.《文藝學方法論講演集》第
93頁。中國人民大學中國語
言文學系篇，中國人民出版
社1987年版。

進行創作，收到較好的效果。錢先生發現了《詩經》中這
種創作的最早範例，並加以闡釋和總結。《小雅·正月》
是一篇西周時代一位失意官吏憂國哀民的詩，其中第六章
寫了西周時代的黑暗：

謂天蓋高？不敢不局。謂地蓋厚？不敢不蹐。《小雅‧節南山》有一段與此相似：

駕彼四牡，四牡項領。我瞻四方，蹙蹙靡所騁。

在「五三‧正月」這一節中，錢先生引荀悅《漢紀》的說法：「比天之高，而不敢舉首，比地之厚，而不敢投足，……匹夫之微，而一身無所容焉。」天地廣闊無邊而詩人卻感到無處容身，錢先生說是「心情際遇之異耳」。說明是一種心理空間的錯覺。這種寫法爲後人所仿效。左思《詠史》末首：「落落窮巷士，抱影守空廬，出門無通路，枳棘塞中途。」岑參《西蜀旅舍春嘆》：「四海猶未安，一身無所適，自從兵戈動，遂覺天地窄」；李白《行路難》：「大道如青天，我獨不得出」；柳宗元《乞巧文》：「乾坤之量，包容海岳，臣身甚微，無所投足」等都屬這種寫法的運用範例。值得指出的是，同一個詩人，由於心情際遇的不同，空間感覺亦絕然相反。孟郊在不得志時寫道：「食薺肥亦苦，弦歌聲無歡。出門即有礙，誰謂天地寬？」（《送別崔純亮》）而登科之後則寫詩道：「我馬亦四蹄，出門似無地」（《長安旅情》）；「春風得意馬蹄疾，一日看盡長安花」（《登科後》）。這裡我們還可補究兩條：(1)清代駢文家汪中所寫的「跬步才蹐。荊棘又生」可充一例證。(2)錢先生所列舉皆屬於心理空間方面的，還可補充幾個心理時間的例子。《詩經‧王風‧采葛》：「一日不見，如三秋兮」首開這一感情範例，其後如傅玄《雜詩三首》之一：「志士惜日短，愁人

知夜長。」俗詩中的「愁多知夜長，歡來覺日短。」宋許
彥國：《長夜吟》：「南鄰燈火冷，三起愁夜永；北鄰歌
未終，已驚初日紅。不知晝夜誰主管，一種春宵有長短。
（《竹莊詩話》卷一）同一時間，不同的人感覺卻不一樣
都是這種範例的應用和發展。錢先生推出的這一範例有著
重大的意義，它說明了文學教科書所下的定義——文學是
客觀世界的如實反映是錯誤的，因為它忽視了創作主體的
心理在創作中的重要作用。這一範例確曾為後代作家提供
了可貴的借鑒。

（三）有名無實型

　　《小雅·大東》的結尾有一段被譽為「神思奇想，光
怪陸離」的文字：

　　　　跂彼織女，終日七襄。雖則七襄，不成報章。睆彼牽
牛，不以服箱。……維南有箕，不可以簸揚。維北有斗，
不可以挹酒漿。

　　《箋》：「織女有織名爾。」《正義》：「是皆有名
無實。」錢先生在「五六·大東」中指出：「此意祖構頻
仍，幾成葫蘆依樣。」意思是，自《大東》出現以來，這
一有名無實的範例後代爭相模仿。《古詩十九首》：「南
箕北有斗，牽牛不負軛；良無盤石固，虛名復何益！」
《古樂府》：「道旁兔絲，何嘗可絡？田中燕麥，何嘗
可獲？」李白《擬古》之六：「北斗不酌酒，南箕空簸

揚。」韋應物《擬古》之七：「酒星非所酌，月桂不爲食，虛薄空有名，爲君長嘆息。」白居易《放言》之一：「草螢有耀終非火，荷露雖團豈是珠？不取燔柴兼照乘，可憐光彩亦何殊。」賈島《客喜》：「鬢邊雖有絲，不堪織寒衣。」都是這一範例的「引申而能翻騰也。」（154頁）這種範例對後代散文也有著影響，《抱樸子》外篇《博喻》：「鋸齒不能咀嚼，箕舌不能辨味，壺耳不能理音，屬（草鞋）鼻不能識氣，釜目不能攄望舒之景，床足不能有尋常之逝。」《金樓子・終制》：「金蠶無吐絲之實，瓦雞乏司晨之用。」《魏書・李崇傳》請修學校表：「今國子雖有學官之名，無教授之實，何異兔絲，燕麥，南箕，北斗哉！」這種範例的活用，確實能增強文章的氣勢和感染力。

（四）同時反襯型

《小雅・車攻》是一首描寫周宣王會同諸侯舉行田獵的詩，其中第七章描寫田獵前隊伍肅靜的氣氛：

蕭蕭馬鳴，悠悠旆旌，徒御不驚，大庖不盈。

錢先生引述《毛傳》：「言不喧嘩也」只指前面兩句），引李德裕《文章論》中：「千軍萬馬，風恬雨霽，寂無人聲」申述《毛傳》的注釋。又引陸象山《語錄》：「『蕭蕭馬鳴』，靜中有動；『悠悠旆旌』，動中有靜，亦能窺二語烘襯之妙。」（137頁）這是相當準確的。因

為靜和動雖然相反，但在一定條件下能夠相得益彩，使其中一個方面更加突出、鮮明。王籍《入若耶溪》：「蟬噪林愈靜，鳥鳴山更幽」，杜甫《出塞》：「落日照大旗，馬鳴風蕭蕭」，蘇軾《宿海會寺》：「紞（擊鼓聲）為五更天未明，木魚呼粥亮且清，不聞人聲聞屐聲。」都是從《詩經》脫化而來的。然而，錢先生的研究並不就此上步，而是進一步指出這種以動襯靜的心理基礎，「眼耳諸識，莫不有是：詩人體物，早具會心。寂靜之幽深者，每以得聲音襯托而愈覺其深；虛空之遼廣者，每以有事物點綴而愈見其廣。」（138頁）錢先生稱之為「心理學中同時反襯現象」。我們明了這一點，就可以不局限於以動襯靜這一定式而擴大對空間描寫的辯證關係的了解了。例如鮑照《蕪城賦》：「直視千里外，唯見起黃埃。」《還都道中作》：「絕目盡平原，時見遠煙浮」。王維《使至塞上》：「大漠孤煙直，長河落日圓」。便都是運用小事物襯托出遼闊無際的空間的。

當然，錢先生總結出的範例還不局限於此，他在「二九・君子於役」一節中總結了「黃昏思念型」，在「四三・蒹葭」中總結了「企慕型」，在「三九・蟋蟀」中總結了「及時行樂型」，在「四七・七月」中總結了「傷春型」等等，這些論述都寫得相當精彩，其主要意義應該是：(1)使我們對《詩經》的價值有了更深刻的認識。我們過去只空洞地知道《詩經》是我國現實主義文學創作的源頭，但源流關係並不清楚。讀了錢先生的研究文章就可一目了然。(2)這些範例對我們的創作和欣賞

都有著直接的幫助，它為人們提供了精彩的範例。蘇東坡曾說：「熟讀《毛詩・國風》《離騷》，「曲折盡在是矣。」[4]我們似乎也可以說，熟讀《詩經》的範例，「曲折盡在其中矣」。

4.轉引自陳子展《詩經直解》第25頁，復旦大學出版社。1983年版。

當然，錢先生並不是就《詩經》感情範例作專門的研究的，因而自然不免有所遺漏。例如，注意到同時反襯現象而疏略了同時正襯現象，其實正襯現象在《詩經》中也構成一個重要範例。所謂正襯，是把兩種性質相異的事物加以襯托（反襯用相反的事物）以使所要表達的方面更加鮮明、強烈。《邶風・谷風》是《詩經》中著名的棄婦詩，當詩中抒情主人公被男人拋棄時，悲憤地唱道：「誰謂荼苦，其甘如薺。」意思是誰說苦荼是苦的呢，它比起我的苦來，就象薺菜那樣甜了。這是用苦荼之苦正襯身世之苦的。賈島《渡桑乾》「客舍并州已十霜，歸心日夜憶咸陽。無端更渡桑乾水，卻望并州是故鄉。」在并州時，日夜憶咸陽，北渡桑乾河以後，又日夜憶并州；憶并州正是為了襯托憶咸陽之深。這裡是以他鄉襯他鄉，以「思念」襯「思念」，所以是正襯。

此外，《鄭風・出其東門》則是感情專注型的代表：

出其東門，有女如雲。雖則如雲，匪我思存。縞衣綦巾，聊樂我員。

蔣立甫《詩經選注》題解：「這首詩寫一個男子只鍾

情於一位窮人家的姑娘，儘管其他女子象雲一樣多，象茶花一樣美麗，但都不能打動他的心」。這是對的。與這一感情範例相似的還有《鄭風‧叔於田》：

　　叔於田，巷無居人。豈無居人，不如叔也，洵美且仁。

　　辛棄疾《青玉案‧元夕》的整體構思正是從這一範例演化而來的。聶魯達《王女》稱英國詩人柯勒律治《她的外貌並不漂亮》的寫法也與此相似。[5]

> [5] 參見《外國愛情短詩選萃》第7頁、第63頁。（五角叢書）上海文化出版社1986年版。

二、運用新的思維從新的角度解決《詩經》難題

　　《詩經》這部書由於年代久遠，諸生傳授，各立派系，以至於留下許多爭論不休的難題。清人皮錫瑞曾有「論《詩》比他經尤為難明，其難明者有八」的說法[6]。因此《詩經》的研究不僅要指明其歷史意義和地位，還要解決其研究中的許多難題，這對

> [6] 皮錫瑞《經學通論》卷2第1頁，中華書局版。1954年版。

「詩經學」的完善，對讀者的學習都很需要。錢先生在《詩經》研究中無疑也在這方面下了許多功夫。

（一）從詩樂統一論解決「鄭聲淫」的問題

　　《論語‧衛靈公》：「顏淵問為邦。子曰：『行

夏之時，乘殷之輅，服周之冕，樂則《韶》《舞》
（《武》），放鄭聲，遠佞人，鄭聲淫，使人殆」。這段
話涉及到了《詩經》學乃至中國美學對「雅俗」「正邪」
等問題的爭論。楊伯峻《論語譯注》注：「放鄭聲」——
「鄭聲」和「鄭詩」不同。
「鄭詩」指文辭，「鄭聲」指
樂曲。[7]過去的學者為什麼要

7.楊伯峻《論語譯注》第167
頁，中華書局版。1980年
版。

力辯：「鄭聲」和「鄭詩」之不同呢？因為按儒家傳統的
說法，《詩經》是孔子編訂的。如果孔子對「鄭風」大加
韃伐，豈不自相矛盾嗎？為了彌合這個矛盾，必須劃出
《論語》中的「鄭聲」和《詩經》中「鄭風」的鴻溝。所
以清代學者戴震也力辨以「鄭聲淫」解為「鄭詩淫」之
非，他說：「凡所謂『聲』，所謂『音』，非言其詩也。
如靡靡之樂，滌濫之音，其始作也，實自鄭，衛，桑間，
濮上。然則鄭、衛之音非鄭詩、衛詩，桑間、濮上之音非
《桑中》詩，其義甚明。」

　　戴震的結論為什麼是錯誤的呢？錢先生在「四·關雎
（三）」一節中指出：「這是經生不通藝事也」，是不懂
得詩歌和音樂關係的結果。孔穎達早就指出：「詩是樂之
心，樂是詩之聲，故詩樂同其功也。」（《毛詩正義》）
這是很對的。俞文豹《吹劍續錄》：「東坡在玉堂日，有
幕士善謳（歌唱），因問：『我詞比柳詞何如？』對曰：
『柳郎中詞，只好十七八女孩執紅牙柏板，唱「楊柳岸曉
風殘月」，學士（指蘇軾）詞須關西大漢執鐵板唱「大江
東去」。』公為之絕倒。」這也說明，象「楊柳岸曉風殘

月」這樣抒情的歌詞，要用委婉纏綿的歌曲來演唱，反之，象「大江東去」這樣豪爽激越的文詞要用豪邁雄壯的音樂形式來表達，如果歌詞和樂曲不一致，就正如錢先生所指出的那樣：「如武夫上陣而施粉黛，新婦人入廚而披甲冑」，成何體統！明了詩樂合一的關係，不僅可以解決漢・宋學家爭論的一大公案，而且對《詩經》本身的研究也有直接的指導作用。例如《唐風・綢繆》的結構，都認爲是一人之口的獨唱，但首章見良人（丈夫）與三章見粲者（美麗嬌妻）的矛盾無法解決。錢先生從詩樂合一的角度認爲其體制應「譬之歌曲之『三章法』，女先獨唱，繼以男女合唱，終以男獨唱，似不必認定全詩出一人之口而斡旋『良人』之稱也」（120-121頁）。這種解釋不僅可以解決「良人」與「粲者」的矛盾，而且第二章的「邂逅」一詞也好理解了。《毛傳》爲了吻合矛盾才把「邂逅」曲解爲「解說（當愛悅講）之貌」的。其次，懂得詩樂合一的原理之後，我們對古代《樂經》及其佚亡，也可找到合理的解釋了。陳鐵鑌先生說：「在《詩》的時代裡，中國的音樂也很發達。《詩》裡詩歌都是配合音樂歌唱的。古人說《六經》裡的《樂經》亡於秦火，實際《樂經》並不單獨存在。所謂《樂經》就是《詩》的樂譜。後人多重視『詩』而少重視『樂』，所以《樂經》在秦以後就失傳了。如果《樂》是獨

8.陳鐵鑌《詩經解說》第5頁，書目文獻出版社版。1985年版。

自成經的，秦以後絕不至於無跡可尋。」[8]這個推斷是合情合理的。

（二）對《詩經》中的「興」提出了新解

　　《周禮・春官》：「太師教六詩，曰風、曰賦、曰比、曰興、曰雅、曰頌。」學者普遍認爲風雅頌是詩的分類，賦比興是詩的藝術手法。賦和比有爭論，但爭論不多，爭論最大的是興，爭論的焦點是所起的興與下文是否有意義上的聯繫問題。認爲興是起頭，並含有勸喻或寄寓意義者，如劉勰、陳啓源等；認爲興是起頭，但與下文沒意義聯繫的，如朱熹：「興者，先言他物以引起所詠之詞也」（《詩集傳・關雎注》），又說：詩之興多是「假他物舉起，全無取義。」（《朱子語類》）錢先生大體同意朱熹的意見，並作了詳盡的發揮，他也特別看重李仲蒙的說法：「索物以托情，謂之『比』；觸物以起情，謂之『興』；敘物以言情，謂之『賦』」。（63頁）錢先生認爲李的說法「頗具勝義」，並闡述道：「『觸物』似無心湊合，信手拈起，復隨手放下，給後文附麗而不銜接，非同『索物』之著意經營，理路順而詞脈貫」。如竇玄妻《怨歌》：「熒熒白兔，東走西顧。衣不如新，人不如故。」《焦仲卿妻》：「孔雀東南飛，五里一徘徊。」都是好例（63頁）。錢先生這樣解釋有什麼優點呢？1. 把興與比嚴格區別開來。比和興都可用在開頭，但興與下文無意義上的聯繫而比則有。2. 可以糾正毛、鄭等人亂貼比興的標籤的錯誤，所以錢先生指出「毛、鄭詮『興者』，凡百十六篇，實多『賦』與『比』。」3. 根據錢先生對『興』的看法，漢樂府《鐃歌》的開頭「上邪」可得正確理解。「上邪，我欲與君相知，長命尤絕衰。」余

冠英《樂府詩選》：「上指天，邪，音耶，上邪猶言天
啊，指天爲誓。」[9]但我們從
詩句看，並不符合向上天發誓

的語氣。錢先生指出，如果當誓詞講，那就應該這樣講：
「天啊，爲什麼我不能和心愛的人相好而長命不衰。」或
者是「天啊，您鑒臨在上，使我們相愛而永不衰絕。」才
順理成章，因此『上邪』當「有聲無義，爲發端之起興
也」理解才合適（64頁）。4. 可以解決《詩經》中不同
的詩歌都用相同的套語的問題，如《王風・揚之水》和
《鄭風・揚之水》者用「揚之水，不流束薪」起興，而一
首是戍卒思歸之詩，一首是夫將別妻之詩。說明興與下文
意義是無聯繫的。

（三）從代言體的角度解決《周南・卷耳》的結構問題

　　《周南・卷耳》一詩歷來眾說紛紜，主要有六種不
同的說法。[10]但最有代表性的不外兩種：1. 這是一首女
子思念丈夫的詩，首章女子自
述，以下各章爲女子對其在外
丈夫的測想，它可以方玉潤爲

代表，認爲「此詩當是婦人念夫行役而憫其勞苦之作。」
「〔一章〕因採卷耳而動懷人念，故未盈筐而『置彼周
行』，已有一往深情之概。〔二、三、四章〕下三章皆從
對面著筆，歷想其勞苦之狀，強自寬而愈不能寬。末乃
極意摹寫，有急管繁弦之意。後世杜甫『今夜鄜州月』

一首，脫胎於此。」[11]此說影
響最大，郭沫若《卷耳集》、
聞一多《風詩類鈔》、余冠英

11.方玉潤《詩經原始》第76
頁，中華書局版。1986年
版。

《詩經選》、程俊英《詩經譯注》皆從之。2.這是一首
在外丈夫思念女子的詩。它可以施蟄存爲代表。施說：
「我以爲這詩完全是征夫行旅時的悲歌。而第一章的敘
述，我卻認爲是征人的憶別或幻覺。採卷耳是他倆離別時
的情景，或許也是她日常作業，正如採桑一樣。」（《蘋
花室詩見》）高亨先生則說：「作者似乎是個在外服役
的小官吏，敘寫他坐著車子，走在艱阻的山路，懷念著
家中的妻子。」（《詩經今注》）儘管這兩種說法都有
一定的道理，但有一個難題始終無法解決，即一章抒情
主人公是「我」，而作爲另一主人公二、三、四章也出
現了「我」。以上說法都無法解決這個矛盾。所以錢先
生指出：「夫『嗟我懷人』，而稱所懷之人爲『我』——
『我馬虺隤，玄黃』，『我姑酌彼金罍，兕觥』，『我僕
痡矣』——葛蘽莫辨，扞格難通」（67頁）。因此，錢
先生提出了新的解釋，認爲詩是採用代言體的寫法「作
詩之人不必即詩中所詠之人，詩人代言其情事，故名曰
『我』。首章托爲思婦之詞，『嗟我』之『我』，思婦自
稱也；……二、三、四章托爲勞人之同，『我馬』、『我
僕』、『我酌』之『我』，勞人自稱也。」「夫爲一篇之
主而婦爲賓也，男女兩人處兩頭而情事一時，批尾家謂之
『雙管齊下』，章回小說謂之，『話分兩頭』，《紅樓
夢》第五四回王鳳姐仿『說書』所謂：『一張口難說兩家

話』，『花開兩朵，各表一枝』」（67-68頁）。這就解
決了向來糾纏不清的所謂主人公指代跳躍的問題。爲了證
明這種說法的成立，錢先生還分別引用了我國古代許多詩
詞，小說以及西方當代所謂「嗒嗒派」者，創「同時情事
詩」體加以說明。例如王維《隴頭吟》：「長安少年遊俠
客，夜上戍樓看太白。隴頭明月迴臨開，隴上行人夜吹
笛。關西老將不勝愁，駐馬聽之雙淚流；身經大小百餘
戰，麾下偏裨萬戶侯。蘇武勇爲典屬國，節旄落盡海西
頭。」同一明月之夜，短詩中出現了觀看太白星的長安少
年和聞笛而無限感慨的關西老將。他們互相對照，互爲影
子。王維正是通過代言的手法抒寫了反戰的主題的。

　　錢先生解決這一問題對詩歌研究有重要的意義。因
詩歌採用代言的形式在古詩中常見，錢先生說：「篇中之
『我』，非必詩人自道。假曰不然，則《鴟鴞》出於口吐
人言之妖鳥，而《卷耳》作於女變男形之人痀（病）也」
（87頁）。然而，許多研究者似乎視而不見，往往把詩中
之我和詩人等同起來，例如因《離騷》中出現「余」，不
就有把靈均和屈原等同起來，把《離騷》中的「攝提貞於
孟陬兮」作爲考訂屈原生年月日的主要依據嗎？

　　此外，在「十六・擊鼓」一節中，錢先生從漢語史的
角度分析了「契闊」一詞的用法和演變，不僅對「契闊」
提出正解，而且爲漢語史的研究提供了可參照的素材。

三、借助《詩經》研究，闡述中國古代美學觀點，發掘古代美學資料

（一）關於精華的發掘和陪襯的卓見

錢先生在《讀〈拉奧孔〉》一文中指出：「在考究中國古代美學的過程裡，我們的注意力常給名牌的理論著作壟斷去了。當然，《樂記》、《詩品》，文話、畫說、曲論以及無數掛出幌子來討論文藝的書信、序跋等等是研究的中心；同時，我們得坦白承認，大量這類文獻的研究並無相應的大量收獲。好多是陳言加空話，只能算作者表個態，對理論沒有實質性貢獻。倒是詩、詞、筆記裡，小說、戲曲裡，乃至謠諺和訓詁裡，往往無意中三言兩語，說出了益人神智的精湛見解，含蘊著很新鮮的藝術理論，值得我們重視和表彰。也許有人說，這些雞零狗碎的小東西不成氣候，而且只是孤立的，自發的見解，夠不上系統的，自覺的理論。不過，正因為零星瑣碎的東西易被忽視和遺忘，就愈需要收拾和愛惜；自發的簡單見解正是自覺的周密理論的根本。」[12] 我們之所以不厭其煩地引述了這段

12. 轉引向張隆溪溫儒敏編選《比較文學論文集》第 1 頁，北京大學出版社。1986 年版。

文字，因為它很重要，它是錢先生為建設中國美學而提出的宣言，這理有兩點值得我們重視：1. 中國古代美學思想不僅存在於《樂記》《詩品》等重要的美學著作中，而且散見於詩歌、筆記，甚至謠諺和訓詁裡，這就為人們研究中國的文藝思想提供了新的視角。2. 散見於詩詞、筆

記、謠諺邢訓詁裡的美學思想雖然散亂，零碎，但往往見解清湛，而過去又不被人們所重視，需要我們花大力氣以愛惜之心加以發掘和整理，為建立真正的中國美學打下堅實的基礎。錢先生是這樣看的，同時也是這樣做的。例如錢先生在「一七九・全宋文卷五五」中提到六朝虞和《上明帝論書表》中一段話：「凡書雖同在一卷，要有優劣。今此一卷之中，以好者在首，下者次之，中者最後。所以然者：人之看書，必銳於開卷，懈怠於將半，既而略進，次遇中品，賞悅留連，不覺終卷。」錢先生指出：「體察親切，苟撰吾國古心理學史，道及『興趣定律』、『注意時限』者，斯乎權輿乎。」（1323-1324頁）這裡，錢先生向我們表明：1.《上明帝論書表》向來不被重視，錢先生從該表中發掘出有關體察深切的心理學定律，為人們研究我國向來就很薄弱的心理學史提供了珍貴的資料。2. 所謂「注意時限」是說人的心理注意有一定的時間限度，不能長時間保持穩定的狀態。由此在一卷優劣相雜的書中，編排時要有意識地調節接受主體的緊張度，即把最好的部分排列在前頭，中間排差的，最後排中等的，這樣，讀者的心理刺激就能一張一弛，而能在充滿興趣的狀態下讀完全書。3. 這種心理規律不僅可用於書稿的編排，而且適用於其他方面，如戲劇節目的安排，作家的布局謀篇，甚至行文中「嘉句」和「庸音」的措置等。錢先生在「一三八・晉文卷九七」一節中，曾引陸機《文賦》中的「彼榛楛（榛、楛，俱樹木名，這里泛指惡木叢生，比喻拙文）之勿剪，亦蒙（受）榮於集翠（翠鳥名，集翠

比喻美辭）」說明了「嘉句」中不能無「庸音」的問題。他還引用十七八世紀西方名家：「通篇皆雋語警句，如滿頭珠翠以至鼻孔唇皮皆填珍寶，益妍得醜，反不如無。」「人而能美，尤藉明眸，然遍而生眼睛，則魔怪相耳。」（1200頁）觸類旁通，諸般一理，用來說明紅花綠葉相襯益美的道理是相當深刻的。

（二）注意並發掘了《詩經》及其舊注中的珍貴美學資料

1. 關於「詩」字訓詁的藝術底蘊

在「一・詩譜序」一節中，錢先生注意到了孔穎達《毛詩正義》對「詩」一詞的訓詁：「詩」有三訓：承也，志也，持也。作者承君政之惡善，述己志而作詩，所以持人之行，使不失墜，故一名而三訓也。」（57頁）然後對其中的「志」和「持」的底蘊進行挖掘。「志」有「之」義，《釋名》：「詩，之也，志之所之也。」有盡情抒發心中感情的意思。然而，這僅僅是藝術表現的一個方面，藝術的表現還要有另一個方面「持」來制約。《荀子・勸學》：「詩者，中聲之所止也。」持即有所止的意思。這就全面而符合於藝術表現的規律了。即藝術之表現不僅要盡情地抒發心中的感情，而且在抒發過程中要有所節制。有所控持，使「喜怒哀樂，合度中節」，才能達到美的境界。可見「詩」字的訓詁中包含著多麼深刻的藝術見解！錢先生為了進一步說明這個底蘊，對古詩「長歌當哭」作了精彩的分析：「夫『長歌當哭』，而歌非哭也，哭者情感之天然發洩，而歌者情感的藝術表現也。『發』

而能『止』，『之』而能『持』，則抒情通乎造藝，而非徒以宣洩爲快有如西人所嘲『靈魂之便溺』矣。『之』與『持』一縱一斂，一送一控，相反而亦相成，又背出分訓之同時合訓考」（58頁）。『藝術表達感情者有之，純憑情感以成藝術者未之有也。』（1191頁）筆者認爲，錢先生借用「詩」訓詁把藝術表現的問題講得如此透徹，是難能可貴的，而且有著重要的實踐價值。

2. 借助《詩經》研究解決藝術真實與生活真實（包括歷史真實）的區別問題

　　在藝術欣賞中，詩中生活眞實與藝術眞實也是最難分的。杜牧《江南春》：「千里鶯啼綠映紅，水村山郭酒旗風。南朝四百八十寺，多少樓台煙雨中。」楊愼批評道：「千里鶯啼，誰人聽得？千里綠映紅，誰人見得？若作十里，則鶯啼綠紅之景，村郭，樓台，僧寺，酒旗皆在其中矣。」[13]楊愼的觀點受到了何文煥等人的批評。至於屈

13.楊愼《升庵詩話》卷八。

原《離騷》中「夕餐秋菊之落英」，因菊花落不落的問題更引起了長時間的爭論。這一切說明了藝術眞實與生活眞實的區別是何等重要。錢先生在《詩經》研究中對這個問題是有獨到之處的。他在「二六・河廣」一節中指出：「《衛風・河廣》：『誰謂河廣，一葦杭之；誰謂河廣？曾不容刀。』這是說黃河不廣。《周兩・漢廣》：『漢之廣矣，不可泳思。』這是講漢水之寬。假若有人根據《詩經》的這些材料論證漢水比黃河寬；假若有人根據唐

詩中『斗酒十千』和『斗酒三百』而考訂唐代酒價的漲落
和酒的質量的好壞，那是『痴人耳，不可向之說夢者也。
不可與說夢者，亦不足與言詩。』（95頁）這說明錢先
生是很注意把藝術真實與生活真實（歷史真實）區別開來
的。然而，錢先生的重要貢獻並不在此，而在於他提出了
如何區別開來的理論問題。第一，藝術的真實以感情是否
真實為主要依據，而生活真實（歷史真實）則是以是否存
在或發生過為主要依據。黑格爾談到藝術的本質時說：
「藝術是感情的東西，是經過了心靈化了，而心靈的東西
也借感情化而顯現出來了」。[14]這就是說，藝術是感情和
理性的統一，但這種統一不是一半對一半，而是理性中的
感情起決定性作用。如果把藝
術感性形象化比作眼睛的話，
那麼感情則是由眼睛透露出來

14. 15.黑格爾《美學》第一卷
第49頁、198頁。

的心靈，心靈支配著眼睛。所以他又說：「藝術也可以說
是要把每一個形象的、看得見的外表上的每一點都化成眼
睛或靈魂的住所，使它的心靈顯現出來。」[15]這就是說，
只要是由心靈所顯現出來的感情都是真實的。如「燕山雪
花大如席」，生活中不存在，但表現了強烈感情，則是允
許的。第二，在區分中應該注意文辭虛而非偽的問題。錢
先生推崇孟子對如何理解《詩經》的觀點，孟子說：「不
以文（字）害辭（句），不以辭害志（用意），……《雲
漢》之詩曰：『周餘黎民，靡有孑遺』；信斯言也，是周
無遺民也！」錢先生以此為出發點，提出文辭有虛（指不
符合生活真實）而非偽（指符合藝術真實）的問題，他

說：「蓋文詞有虛而非僞，誠而不實者，語之虛實與語之誠僞，相連而不相等，一而二焉。是以文而無害，誇或非誑。」（96頁）講得具體點是如「夢裡的悲歡，幻空中之樓閣，鏡內映花，燈邊生影，言之虛者也，非言之僞者也。」這些誇張而不符合生活的描寫，在藝術中是允許的，是屬於虛而非僞的問題。所以錢先生得出這樣的結論：「亞理士多德首言詩文語句非同邏輯命題，無所謂眞僞；錫德尼謂詩人不確語，故亦不誑語；勃魯諾謂讀詩宜別『權語』與『實語』」（98頁）。可貴的是，錢先生由此提出一條讀書原則：「盡信書，固不如無書，而盡不信書，則又如無書，各墮一邊；不盡信書，斯爲中道爾。」這個「不盡信書」的名言概括了錢先生一生的治學經驗，可作爲我們後學著的座右銘。第三，用情感價值與觀感價值不同的觀點加以區別作品中生活眞實與藝術眞實。如《陳風・東門之枌》最後一章：

> 穀旦於逝，越以鬷邁。視爾如荍，貽我握椒。

惲敬《大雲山房文稿》二集卷一《〈東門之枌〉說》認爲「視爾如荍」，毛云「荍」即芘芣，蓋「指慚色，非指女色」，因「芘芣紫赤色，顏色之美而喻以芘芣，左矣！」（105頁）意思是，荍（按：即錦葵花）是紫赤色的，只能形容女子害羞而不能比喻女子容顏之美。這就是把藝術和生活劃等號了。惲敬之所以把藝術和生活等同起來是因不能區別「情感價值」和「觀感價值」的結果。

詩歌中的比喻僅僅為了表現詩人的感情，而不是把比體和
喻體的觀感分毫不差地等同起來。例如古詩中常用「杏臉
桃頰」、「玉肌雪膚」形容女子容顏和膚色之美，體現了
作者的感情價值。如果用觀感價值去觀察，女子的臉與桃
杏一模一樣，這位女子豈不成了怪物或有惡疾的人麼！
《衛風‧碩人》中用「蛾首娥眉」來形容莊姜之美，如果
太坐實，莊姜頭上豈不「蟲豸蠢動，草木紛披，不復成人
矣。」（106頁）錢先生深刻指出，用觀感價值去看待文
藝作品：「使坐實當真，則銖銖而稱，至石必忒，寸寸而
度，至丈必爽矣。」

　　當然，藝術真實並不等於胡亂寫。在不是表達情感的
地方還是要受生活真實的制約的。錢先生就曾批評了曹植
寫《美女篇》的毛病：「《美女篇》：『美女妖且閒，採
桑歧路間』中間極寫其容飾之盛，傾倒行路，……然此女
腕約金環，頭戴金釵，琅玕在腰，珠玉飾體，被服紈素，
以此採桑，得無如佩玉瓊琚之不利步趨乎！」（131-132
頁）

3. 借助《詩經》的研究，闡述含蓄和寄託的區別問題

　　自屈原《離騷》之後，後代的詩人往往參照《離騷》
的比興寫有寄託的詩了。可以這樣說，寄託手法的運用是
中國古典詩詞重要特色之一。然而帶來的是如何鑑別有無
寄託這一棘手的問題。一些迂腐的學者誤用寄託把詩解釋
得支離研碎，牽強附會，破壞了詩美。韋應物《滁州西

澗》中有「獨憐幽草澗邊生，上有黃鸝深樹鳴。」的著名
詩句，元趙泉章就把本來是寫景的詩句解釋爲寓「君子在
下而小人在上之象」。王士禛對此加以批評說：「以此論
詩，豈復有風雅耶？」[16]意思
是這種解釋把詩中如畫的美的
意境通通破壞了。錢先生痛感

16. 王士禛《唐人萬首絕句選》
凡例。

這個問題的重要，便在《詩經》研究中，從含蓄與寄託的
比較入手，進行解決。

　　什麼是含蓄呢？錢先生說：「詩中言之而未盡，欲
吐復存，有待引申，俾能圓足，所謂『含不盡之意，見於
言外。』」什麼叫寄託呢？他說：「詩中所未嘗言，別取
事物，湊泊以合，所謂『言在於此，意在於彼』」（108
頁）。「含蓄比形之與神，寄託則類形之與影。」通過
這樣的比較，什麼是寄託就清楚了。例如《鄭風·狡童》
是首愛情詩，寫得很含蓄，「含不盡之意，見於言外。」
而《毛傳》《鄭箋》卻認爲是首鄭國賢臣諷刺鄭昭公不能
與賢臣共事的詩。因該詩看不出「言在此而意在彼」的諷
刺，所以是錯誤的。又例如溫庭筠《商山早行》：「雞聲
茅店月，人跡板橋霜。」和賈島《暮過山村》：「怪禽啼
曠野，落日恐行人。」其言外之意是「道路辛苦，羈旅愁
思」而無「言在此而意在彼」，如果有人講成寄託，那是
「欲水之澄，反投之以土」反而越弄越糊塗了。

　　錢先生對那些胡亂追求寄託的說詩者給予嚴厲的批
評，他說：「藉口寄託遙深，關係重大，名之詩史，尊以

詩教，毋乃類國家不克自立而依借外力以存濟者乎？盡捨
詩中所言，而別求詩外之物，不屑眉睫之間而上窮碧落，
下及黃泉，以冀弋獲，此可以考史，可以說教，然而非談
藝之當務也。」（110頁）這是談藝的醒世名言，是值得
我們認真記取的。

四、從《詩經》及其舊注中發掘了許多有益的材料

（一）有關民俗學的珍貴資料

用民俗學的觀點研究《詩經》是錢先生治《詩經》的
一大特色，它既可以更好地解決《詩經》的難題，也可以
從中發掘出許多不為世人所重視卻又頗具參照價值的民俗
資料。

《邶風・谷風》有句云：「宴爾新婚，如兄如弟。」
這是被遺棄的妻子看到丈夫再婚的吟詠。為什麼新婚的歡
樂用「如兄如弟」來形容呢？舊注都未注或未注清楚，錢
先生在「十七・谷風」一節中除了博引中外掌故以證古人
的傳統觀念外，還指出這裡涉及到一個民俗學的問題：
「蓋初民重『血族』（Kin）之遺意也。就血胤論之，兄
弟，天倫也，夫婦則人倫耳；是以友於（兄弟）骨肉之親
當過於刑於（妻子）室家之好。新婚而『如兄如弟』，是
結髮而如連枝，人合而如天親也。觀《小雅・常棣》，
『兄弟』之先『妻子』，較然可識。」（83-84頁）

　　烏鴉在人們心目之中是惡人或災禍的象徵，所以有天下烏鴉一般黑的說法。《邶風‧北風》本是一首愛情詩，然而，因詩中有「莫赤匪狐，莫黑匪烏」的詩句，自《毛傳》以來，就被認爲是一首批控衛國暴政，人心思去的詩了。錢先生在「五三‧正月」一節中用翔實材料證明了周代民俗，烏鴉是吉祥之物的象徵，其重要證據如下：1.《小雅‧正月》：「瞻烏爰止，於誰之屋」；《傳》：「富人之屋，烏所集也。」2. 張穆說：「烏者，周家受命之祥。」（見《皂齋文集》）3.《春秋繁露‧同類相動》篇引《尚書傳》言：「周將興之時，有大赤烏銜谷之種而集王屋之上者，武王喜，諸大夫皆喜。4.《後漢書‧郭太傳》：「太傅陳蕃，大將軍竇武爲閹人所害，林宗哭之於野，慟，既而嘆曰：『瞻烏爰止，不知於誰之屋』耳！」章懷注：「言不知王業當何所歸。」（139頁）於是，錢先生據以得出「烏即周室王業之徵」的結論。可以看出，民俗學是解開《詩經》難題的一把鑰匙。從錢先生的分析中，我們對民俗的變異性有了更深切的體會。

（二）有關心理學資料

　　《邶風‧旄丘》：「叔兮伯兮，褎如充耳」。《鄭箋》：「人之耳聾，恆多笑而已。」鄭玄箋注，節外生枝對理解《旄丘》篇無所幫助。然而卻揭示出聾子的特殊心理規律。因此，錢先生指出：「注與本文羌無係屬，卻曲體人情，蓋聾者欲自掩重聽，輒頷首呀口，以示入耳心通。」（85頁）這則資料對研究殘疾人的心理有一定的價

值。

《衛風‧木瓜》：「投我以木瓜，報之以瓊琚；匪報也，永以爲好也。」這本是愛情詩，錢先生卻獨具慧眼，借以闡發「小往而責大來」，即以小禮物而希冀大回贈的送禮心理。它也表現在祭祀鬼神上。「當其舍時，純作取想，爲持物予人，左予而右索，予一而索十。」（99-100頁）這種心理相當微妙地被錢先生昭示出來。這對揭示當前普遍存在的送禮風應該說也有現實意義呢。

《王風‧采葛》本是一首情詩，詩中反復詠唱：「一日不見如三月、如三秋、如三歲」，表達了戀人情侶間熾烈的相思之情。然《毛傳》卻解釋道：「一日不見於君，憂懼於讒矣。」錢先生當然不同意這種穿鑿附會，但是他認爲《毛傳》附會則附會，卻道出了舊官場上一種普遍的心理。他在「三〇‧采葛」篇末云：「毛《傳》非即合乎詩旨，似將情侶之思慕曲解爲朝士之疑懼，而於世道人事犁然有當，亦如筆誤因以成蠅，墨污亦堪作牸（牛）也。」文中廣引了舊官僚「一日不朝，其間容刀」從而被讒遭禍的史實，說明了這種特殊心理存在的社會基礎，讀來觸目驚心。

五、錢先生《詩經》研究的主要方法

法國數學家、天文學家拉普拉斯說：「認識一位天才的研究方法，對於科學的進步，甚至對於他本人的榮

譽，並不比發現本身更少用處，科學研究法經常是極富興趣的部分。」[17]拉普拉斯的話對我們有指導作用，認識錢先生的研究方法具有一定的價值。元好問云：「暈碧裁紅點綴勻，一回拈出一回新。鴛鴦繡了從頭看，莫把金針度與人。」[18]我們認爲把最後一句的「莫」字改爲「要」字就合適了。即要把錢先生的金針揭示出來，供世人學習，以期繡出更多更美的文明之花。

17. 拉普拉斯《宇宙體系論》第445頁。
18. 元好問《論詩三首》之一。
19. 萬時華《〈詩經〉偶箋序》。
20. 阮葵生《茶餘客話》卷十一。
21. 袁寶泉、陳智賢《詩經探微》第2頁。1988年版。

　　1. 從美學角度研究《詩經》，力圖還詩以本來面目。《詩經》自被儒家奉爲經典後，地位確乎提高了，但其自身價值卻貶低了，它只被當作一本政治教科書而失去了應有的光彩。明萬時華說：「今之君子知《詩》之爲經，而不知詩之爲詩，一蔽也。」[19]清阮葵生說：「余讀《三百篇》不必作經讀，只以讀古詩、樂府之法讀之，眞足陶冶性靈，益人風趣不少。」[20]這是《詩經》研究的救弊之方。然而，研究《詩經》的著作可謂汗牛充棟，有幾個在藝術方面下過功夫而眞正做出成績來？最近還有人公開聲稱：《詩經》對春秋時人來說是「詩」，但對我們來說首先是「史」，然後才是「詩」，[21]錢先生的《詩經》研究把這種倒置的視角給顚倒過來了，還以《詩經》的本來面目。錢先生從美學、從談藝的角度去研究，才眞正地使《詩經》研究走上正軌。試以對《靜女》的研究爲例。《邶風·靜女》是一首優美的情歌，最後一章是：

自牧歸荑，洵美且異。匪女之為美，美人之貽。

《正義》：「言不美此女，乃美此人之遺於我者。」錢先生指出，孔穎達正好說顛倒了，「詩明言物以人重，注疏卻解為物重於人，茅草重於姝女。」其錯誤原因是不知「女」是「汝」的假借。更重要的是，錢先生從美學的角度指出這是一種移情手法：「此詩人之至情洋溢，推己及他。我而多情，則視物可以如人，體貼心印，我而薄物，則視人亦如物。……要之，吾衷情沛然流出，於物沉浸沐浴之，仿佛變化其氣質，而使為我等匹，愛則吾友也，憎則吾仇爾，於我有冤親之別，而與我非族類之殊，若可曉以語言而動以情感焉。」（86頁）它不僅使《靜女》得到正解，而且說明，早在周代的無名詩人已不自覺地運用移情手法從事詩歌創作了。

2. 以實涵虛，從具體的作品品評入手，把握古今中外相通的「文心」或人類共同的藝術思維是錢先生《詩經》研究的第二個特色。錢先生早就說過：「我有興趣的是具體的文藝鑑賞和評判。」[22]為什麼要從具體作品入手呢？因為「自發的簡單的見解正是自覺的周密理論的根本。」[23]「隱於針鋒粟顆放而成山河大地，亦行文之佳致樂事。」（496頁）這好比由一磚一瓦蓋起來的高樓堅實可靠，而不是憑空構思的理論的空中樓閣。然而，錢先生的研究並不到此停步，而是通過具體作品的分析或鑑賞，尋找出藝術的規律性。如從「詩」的訓

22. 23.《舊文四篇》第7、第26頁。

詁入手探求感情的表現就是一個好例。這種研究方法對當前一些青年學者喜歡築構理論體系而又沒有眞實貨色，以及一些青年學者把文藝批評「科學」化，批評家解釋作品象生物學家作解剖實驗，理論家寫文章象數學家作演算等無疑是一付良藥。

　　3. 在《詩經》研究中，最能代表錢先生風格的是打破時空界限進行多角度、全方位的研究方法。鄭朝宗先生說：「《管錐編》的最大特色是突破了各種學術界限，打通了全部文義領域。」[24]這個結論同樣適合於錢先生的《詩經》研究。而鄭朝宗先生這裏所說的「突破」和「打通」，從時間上講是突破古今界限，

24.鄭朝宗《研究古代文藝批評方法論的一種範例》，文學評論1989年第6期。
25.《談藝錄》第1頁，中華書局1984年版。

研究相通的創作規律。錢先生自己就說過：「上下古今，察其異而辨之，……觀其間而通之，則理有常經，事每共勢，古今猶旦暮。楚越或肝膽，離有離宗，奇而有法」（1088頁）從空間上講，則是突破了國與國之間和不同語言之間的界限。他在《談藝錄序》中說「凡所考論，頗採二西（耶蘇之西與釋迦（指佛經）之西）之書，以供三隅之反。蓋取資異國，豈徒色樂器用，流布四方，可征氣澤芳臭。故李斯上書，有逐客之諫；鄭君序譜，曰「旁行以觀」。東海西海，心理攸同；南學北學，道術未裂」。[25]例如在《邶風·燕燕》中，爲了加深對送別意境的理解，錢先生用了莎士比亞劇中女主角惜夫遠行云：「極目送之，注視不忍釋，雖眼中筋絡迸裂無所惜；行

人漸遠漸小，纖若針矣，微若蟣蟻矣，消失於空濛矣，已矣，回眸而啜其泣矣！」（79頁）這樣參照，就使讀者進一步認識到「詩人體會，同心一理」（101頁）了。此外，錢先生還打通了各種學科的界限，運用了美學、心理學、民俗學、訓詁學、歷史學、修辭學、語言學、宗教學等，進行多角度的研究。真是「博覽群書而匠心獨運，融化百花以自成一味，皆有來歷而別具面目。」（1251頁）這種把《詩經》放在人類文化大背景下來考察和研究的獨特方法，使錢先生的研究達到前所罕有的境界。

　　4.最後一個特色是錢先生將哲人對宇宙人生的體知，詩人對詩意的了悟，詩論家對詩的本體的省會這三種心理活動統一起來進行研究。錢先生是一個對哲學有著深切省悟的學者，研究中充滿著徹底的辨證思維；他又是一個作家和詩人，對創作的精微及甘苦有著深切的體知，因此他具有超出常人的犀利的眼力，敏銳的藝術感覺和能力來闢舊說而發前人之所未發。例如「一五・燕燕」一節中談到宋許顗《彥周詩話》所引張先長短句云：「眼力不如人，遠上溪橋去。」其實是《虞美人》：「一帆秋色共雲遙：眼力不知人遠，上溪橋。」的誤引。既然是誤憶，本可以不屑一顧，然而錢先生卻獨具慧眼，認為許的誤憶反而比原詞更富有詩意，更符合送者的心理狀態。「然『如』字含蓄自然，實勝『知』字，幾似人病增妍，珠愁轉瑩。」（78頁）為什麼呢？錢先生作深入的比較：「曰『不知』，則質言上橋之無濟於事，徒多此舉：曰『不如』，則上橋尚存萬一之可冀，稍延片刻之相親。前者局

外成事後之斷言也,是『徒上
江橋耳』;後者即興當場之懸
詞也,乃『且上江橋歟!』」

26.黑格爾《美學》第2卷第370
　頁,商務印書館。

這種鞭闢入裡的分析,沒有對藝術的真知灼見是講不出來
的。黑格爾說:「藝術的任務首先就見於憑精微的敏感,
從既特殊而又符合顯現外貌的普遍規律的那種具體生動現
實世界裡,窺探到它的實際存在中的一瞬間的變幻莫測的
一些特色,並且很忠實地把這種最流轉無常的東西凝結成
為持久的東西。」[26]這裡雖然講的是創作,但也適合於藝
術評論。

錢鍾書先生《楚辭》藝術研究述評

　　錢鍾書《楚辭》藝術研究主要集中於《管錐編‧楚辭洪興祖補注》十八則中（後又增訂十四條），此外，管錐編》第三冊也有零星的論述，現評述如下：

一、藝術範例的研究

　　所謂「藝術範例」，是指具有模式傾向、富有表現力的藝術手法，是藝術方法的基元。自它誕生之日起，就具有生生不已的生命，並在文學史上繁衍流傳。對藝術範例的研究，前人很少涉足，而對錢先生來說，則是用力最勤、收效最爲顯著的一個方面。《詩經》的研究是如此，《楚辭》的研究也是如此。

（一）錯亂顛倒之象型《管錐編》（第600-606頁，以下凡見《管錐編》只注頁數）

　　《九歌‧湘君》：「採薜荔兮水中，搴芙蓉兮木末。」（到水中採山上的香草；到樹上來採水中的荷花）錢先生稱之爲「錯亂顛倒之象」，《楚辭》中用得較普

遍，《九歌・湘夫人》：「鳥何萃兮蘋中，罾（捕魚網）何為兮木上？」《卜居》：「世溷濁而不清，蟬翼為重，千鈞為輕」，《九章・懷沙》：「變白以為黑兮，倒上以為下」，均是這種範例的抒寫。值得注意的是，同一範例，用法可有不同。(1)用於仁人志士寄寓悲憤之情的。如賈誼《吊屈原賦》「鸞鳳伏竄兮，鴟鴞翱翔，……賢聖逆曳兮，方正倒植，謂隨、夷（卞隨、伯夷古賢人）溷（污濁邪惡）兮，謂跖（盜跖）、蹻（莊蹻）廉」。(2)用於愛情的盟誓，如《敦煌曲子詞・菩薩蠻》：「枕前發盡千般願」一首。(3)用於男女罵詈或嘲諷戲謔，如元曲《漁樵記》第二折玉天仙嘲笑朱買臣一段。同一範例具有不同的藝術作用，充分說明了修辭學上一條法則：「修辭之道一貫而萬殊。」**1**

1.這種藝術範例西方也有，參閱601-602頁錢先生所列舉的諸種「世界顛倒」之象。

（二）因鳥致辭型（619-621頁）

《九章・思美人》：「因歸鳥而致辭兮，羌宿高而難當。」朱熹《楚辭集注》：「欲因鳥致辭，則鳥飛速而又高，難可當值也。」後來托鳥捎信成為常用的藝術手法。飛鳥既可傳信，自然也可向飛鳥問訊，杜牧《秋浦途中》：「為問寒沙新到雁，來時還下杜陵無？」李清照《一剪梅》：「雲中誰寄錦書來，雁字回時，月滿西樓。」而陳克：「莫向邊鴻問消息，斷腸書信不如無！」，可算是反仿的好例。《九辯》不用因鳥致辭，而是寄言「流星」。後人也有以雲代星的，陶潛《閒情

賦》：「托行雲以送懷，行雲逝而無語」，歐陽修《行
雲》：「行雲自亦傷無定，莫就行雲托信歸」。李白《聞
王昌齡左遷龍椅，遙有此寄》：「我寄愁心與明月，隨風
直到夜郎西」擬議變化，酣暢淋漓，蔚爲大觀。

（三）人生短促之悲型（621-623頁）

《遠游》：「惟天地之無窮兮，哀人生之長勤；往
者餘弗及兮，來者吾不聞。」錢先生分析道：「『往者余
弗及』謂古人之命皆短，『來者吾不聞』謂「吾」之命
亦短，均與『天地無窮』反襯。始終不明道人命之短，而
隱示人生之『哀』尚有大於命短者，餘味曲包，少許勝
多。」後代仿作的有東方朔《七諫》、嚴忌《哀時命》
等，而陳子昂《登幽州台歌》「抒寫此情最佳，歷來傳
誦」。[2]

2. 在這則裡，錢先生還介紹了一個鑒賞詩詞的方法——貼補法。他說，
《遠遊》：「惟天地之無窮，哀人生之長勤」這兩句，設想「長勤」二
字蠹蝕漫滅，試代屈原捉筆，補之者當謂「不永」或「有盡」之類，以
緊承上句之「無窮」。屈原則「不言短而反言『長』，已出意外；然
『長』者非生命而為勤苦，一若命短不在言下者；又命既短而勤卻長，
蓋視天地則人生甚促，而就人論，生有限而身有待，形役心勞，仔肩
（肩上擔負的任務）難息，無時不在勤苦之中，自有長夜漫漫、長途僕
僕之感，語含正反而觀兼主客焉」（622頁）。這段精彩而又鞭闢入里的
分析不僅讓我們體會到《楚辭》的用語之妙，同時也學習到一個鑒賞詩
詞的重要方法。還可參觀《詩詞例話》322頁「身輕一為過」一節。

（四）著粉太白，施朱太赤型（872-873頁）

宋玉《登徒子好色賦》：「增之一分則太長，減之
一分則太短，著粉則太白，施朱則太赤。」這是描寫美人

的名句，然而宋人王若虛批評道：「乃若長短，則相形者
也。『增一分』既已『太長』，則先固長矣，而『減一
分』乃復『太短』，卻是原短。豈不相窒（阻塞，不通）
乎？」錢先生認為，《好色賦》中的「長」「短」是長短
恰到好處的意思，與《神女賦》中的「長」「短」是過
與不及的長短不同，王若虛犯了拘泥字面的表層意義而
不顧字詞的具體運用的錯誤。後代仿作的有曹植的《洛
神賦》：「穠纖得中，修短合度」，班倢伃《擣素賦》：
「調鉛無以玉其貌，凝朱不能異其唇」等，西方也有同樣
的寫法，古希臘詩稱美人「不太纖，不太穠，得其中」。
拜倫詩稱美人「髮色增深一絲，容光減褪一忽，風韻便半
失」。值得重視的是，這種範例在後來演化過程中，有從
反面著筆的，張祜《集靈台》：「卻嫌脂粉污顏色」，蘇
軾《西江月》：「素面常嫌粉涴（沾污），洗妝不褪唇
紅。」

（五）登高望遠使人愁型（875-878頁）

《招魂》：「目極千里兮傷春心。」《高唐賦》：
「長吏隳官，賢士失志，愁思無已，太息垂淚，登高望
遠，使人心瘁。」錢先生說：「二節為吾國詞章增闢意
境，即張先《一叢花令》所謂『傷高懷遠幾時窮』是
也。」後世仿作的有沈約《臨高台》：「高台不可望，望
遠使人愁。」范仲淹《蘇幕遮》：「明月樓高休獨倚，酒
入愁腸，化作相思淚。」王昌齡《閨怨》：「閨中少婦
不知愁，春日凝妝上翠樓。忽見陌頭楊柳色，悔教夫婿

覓封侯。」等等。那麼登高望遠爲什麼往往生愁呢？錢先生說：「極目而望不可即，放眼而望未之見，仗境起心，於是惘惘不甘，忽忽若失。李嶠曰：『若有求而不致，若有待而不至』，於浪漫主義之『企慕』，可謂揣稱工切矣。」他還指出：「征之吾國文字，遠瞻曰『望』，希冀、期盼、仰慕並曰『望』，願不遂、志未足而怨尤亦曰『望』，字義之多歧適足示事理之一貫爾。」錢先生在這里既從登高引起的心理變化（即從登高望遠中，引發出面對無限時空的人生宇宙感、孤獨感和虛無感）；又從字義的訓釋、探索內心複雜的心理聯繫，這種研究視角有其獨特之處。

此外，還從《九章·惜誦》：「矰弋機而在上兮，罻羅張而在下」和王逸《九思·悼亂》：「將上兮高山，上有猴猿；欲入兮深谷，下有兮虺蛇」總結出「無出路境界」型（574頁），從《天問》、《卜居》總結出「問答謀篇」型（607-609頁）此外，從《九辯》中總結出「悲秋型」（626頁）從《九辯》：「登山臨水將送歸」總結出「臨水離別型」等。

錢先生曾說：「宋人能夠把唐人修築的道路延長了，疏鑿的河流加深了，可是不曾冒險開荒，沒有去發現新大地。」（《宋詩選注·序》）這雖然是針對宋詩說的，但對《楚辭》的研究也適用。時至今日，《楚辭》的藝術研究仍停留在積極浪漫主義、比興藝術和整齊中寓變化的語言特色上。錢先生所開拓的範例研究使我們想起近代生物學的研究。在19世紀德國植物學家施萊登和施旺提出細

胞學說之前，人類對生物界的認識，只停留在不同種類的不同個體的單純描述階段。細胞學的提出，才使人類認識到，自然界的一切動物、植物之間，存在著一種共同的基本結構，它是一切生物存在和發展的基元，從而使我們對生物結構的觀察和研究進入了一個新階段。錢先生的範例研究則使我們認識到，在藝術作品中也存在著一個相對穩定獨立的藝術符號系統，認識這個符號系統對認識藝術作品的內部結構及其表現手法具有相當重要的作用。單就《楚辭》而言，揭示其藝術範例，就可清楚地顯現《楚辭》在我國文學史上的地位和影響。從創作的角度講，它能揭示共通的詩心和文心；從鑒賞的角度講，既見樹木，又見森林，對提高讀者的鑒賞力也有相當大的助益。例如《哀郢》：「心絓結而不解兮，思蹇產而不釋。」我們光讀這兩句，對其用「絓結」寫心中痛苦的體會是不深的，但如果聯繫《悲回風》：「糾思心以爲纕（佩帶）兮，編愁苦以爲膺（胸，指胸前的飾物）」，施肩吾《古別離》：「三更風作切夢刀，萬轉愁成系腸線」，李煜《烏夜啼》：「剪不斷，理還亂，是離愁。別是一番滋味在心頭」，李煜《蝶戀花》：「一寸相思千萬縷，人間沒個安排處」等例，對用有形的編結寫心中解不開、脫不掉的無形的痛苦纏結理解就會深刻得多。

我們同時也看到，錢先生的範例研究，仍處於自發的階段，仍停留在隨文分析和評論的狀態，缺乏對範例就其性質、類型和作用作更深入的理論概括，其次是《楚辭》還有許多範例錢先生沒有注意到，可以繼續開拓。《九

辯》：「何泛濫之浮雲兮，焱壅蔽此明月！忠昭昭而願見兮，然霧曀（陰云蔽日）而莫達。願皓日之顯行兮，雲蒙蒙而蔽之。」可稱之「浮雲蔽日」型，陸賈《新語·慎微》：「邪臣之蔽賢，猶浮雲之障日月也」，李白《登金陵鳳凰台》：「總為浮雲能蔽日，長安不見使人愁」，是這種範例的沿續，而王安石《登飛來峰》：「不畏浮雲遮望眼，自緣身在最高層」，反其意而用之，與古為新。

二、藝術技法的探尋

（一）關於寫景藝術（612-615頁）

《涉江》：「入溆浦餘儃佪兮，迷不知吾所如。深林杳以冥冥兮，猿狖之所居。山竣高以蔽日兮，下幽晦以多雨。」《九歌·湘夫人》：「嫋嫋兮秋風，洞庭波兮木葉下。」《九章·悲回風》：「憑崑崙以瞰霧兮，隱岐山以清江，憚湧湍之磕磕兮，聽波聲之洶洶。」錢先生認為這幾段「皆開後世詩文寫景法門，先秦絕無僅有」。那麼《楚辭》寫景法門在哪裡呢？他認為：「《詩經》涉筆所及，止乎一草、一木、一水、一石……《楚辭》始解以數物合布局面，類畫家所謂結構、位置者，更上一關，由狀物進而寫景。」這裡的「以數物合布局面，類畫家所謂結構、位置者」正是屬於藝術技法的問題。《湘夫人》：「嫋嫋兮秋風，洞庭波兮木葉下」這一寫景名句，前人評論只停留在「形容秋景如面」、「千古言秋之祖」（明胡應麟《詩藪》）這樣的層面上，錢先生則深入一層，進一步指出，自然界的風是無形的，描繪風可借助

於水，所謂「風本無形可畫，遇水方能見其質」；也可以借助於樹，即所謂「柳枝西出葉向東，此非畫柳實畫風」。而《湘夫人》兩句描寫，既借助水，又借助樹，「兼借兩物，其質愈顯」。像這樣深入的藝術分析，錢先生之外確實很少見。[3]

（二）「悲愁」的兩種寫法
（626-629頁）

悲愁是人生中最常見的心理狀態之一，然而它又是無形的，那麼藝術作品又是怎樣表現它呢？錢先生認為主要有兩種方法：

1. 擬物，《詩經‧小弁》：「我心憂傷，怒焉如搗。」《楚辭‧悲回風》：「存彷彿而不見兮，心踴躍其若湯（沸水）。」

2. 寓物，《詩經‧君子于役》已開其端，到了《楚辭》是「粲然明備」，典型的例子是《九辯》開頭一段，自「悲哉秋之為氣也！蕭瑟兮草木搖落而變衰」直到「獨申旦而不寐兮，哀蟋蟀之宵征。」錢先生認為這一大段貌似寫秋景，其實是借以寫愁情，猶史達祖《戀繡衾》之「愁便是秋心也」，吳文英《唐多令》：「何處合成愁，離人心上秋」。潘岳曾經認為這段寫秋天的悲哀是用「四

3. 錢先生談到《楚辭》擅長色彩烘托的特點時說：「衛、鄘、齊風中美人如畫像之水墨白描，未渲染丹黃，……至《楚辭》始於雪膚玉肌而外，解道桃頰櫻唇，相為映發，如《招魂》云：『美人既醉，朱顏酡（因飲酒而臉紅）些』，《大招》云：『朱唇皓齒，嫭（美好）以姱只。容則秀雅，穉朱顏只』；宋玉《好色賦》遂云：『著粉則太白，施朱則太赤』。色彩烘托，漸益鮮明，非《詩》所及矣。」
（92-93頁）

蹙」（即「遠行」、「登山」、「臨水」、「送歸」）來表現的，錢先生認為實不止這「四蹙」悲情；還應該包括下面的「收潦水清」、「薄寒中人」等九種物態人事。他還提及，這兩種寫愁方式符合於黑格爾談藝所講的「以形而下象示形而上」之旨，即西方藝術理論中的「事物當對」原則，從而使寫愁藝術得到理論上的昇華。

（三）畫眼睛的藝術（634-645頁）

我國最早應用畫眼睛藝術的是《詩經・碩人》中「巧笑倩兮，美目盼兮」一句，白居易《長恨歌》：「回眸一笑百媚生，六宮粉黛無顏色」正是從這裡演化而來，然而錢先生還嫌「過於簡單」，《楚辭》則從以下兩個方面加以發展。(1)描狀工細。《招魂》：「蛾眉曼睩，目騰光些。靡顏膩理，遺視矊些。……嬉光眇視，目曾波些。」錢先生認為，『曼睩』、『騰光』」言眼睛之明亮，「遺矊」、「眇視」言眼睛之嫵媚，而「曾波」則是後代辭章中「稱目為『秋水』、『秋波』之托始」。(2)目含笑意，造微傳神。《大招》：「嫭目宜笑，娥眉曼只」，王逸注：「工於嫭眄，好口宜笑，蛾眉曼澤」，把目笑說成口笑，這是不知眼睛也會含笑意的錯誤。陶淵明《閒情賦》：「瞬美目以流眄，含言笑而不分」；《紅樓夢》第三回寫賈寶玉「睛若秋波，雖怒時而似笑，即瞋視而有情」，寫林黛玉「一雙似喜非喜含情目」等都是目含笑意的好例。

(四）階進法（870-871頁）

宋玉《登徒子好色賦》：「天下之佳人，莫若楚國；楚國之麗者，莫若臣里；臣里之美者，莫若臣東家之子。」錢先生闡釋道：「『佳』、『麗』、『美』三變其文，造句相同而選字各異，豈非避復去板歟？此類句法如拾級增高……西方詞學命爲『階進』或『造極語法』。」並用《戰國策‧楚策》莊辛說楚襄王「君獨不見夫蜻蛉乎」一段、《呂氏春秋‧順說》惠盎謂宋康王「臣有道於此」一段加以申說。陸機《文賦》中「含清唱而靡應」一大節，「五層升進，一氣貫串，章法緊密而姿致舒閒，讀之不覺其累疊」（871頁），說明這種階進法運用得好，可收到良好的修辭效果。

除此以外，對《離騷》似往而復的文致，對《招魂》往復開合，異於一味排比的謀篇，對《九歌》中抒情主體與抒情對象的關係是「交錯以出，一身兩任，雙簧獨演」的分析，都有獨到之處。[4]

4. 錢先生對《九歌》抒情主體、形式及其抒寫對象的關係研究，解決了《九歌》中一個十分具體的難題，趙沛霖在《楚辭研究論衡》一書中給予充分的肯定（見該書第175-176頁）在中國詩歌史上，沒有哪一首詩歌的題目像「離騷」曾經引起過那樣巨大的分歧和激烈的爭論。在諸多解說中，趙沛霖先生對錢先生的釋義最爲欣賞，他說：「比較起來，錢氏的說法（即「離騷」爲排遣和解脫憂愁之意）更爲可取，可惜學術界沒有予以充分的注意」（見該書第127頁）。在屈原之前，我國詩歌基本無題，《詩經》的題目是後人加上的，而且與作品的內容無關。屈原創造出一個與內容密切相關的命題方式，並成爲作品的一個有機組成部分。《離騷》與《天問》、《招魂》、《涉江》、《哀郢》、《懷沙》等題目一樣，都鮮明體現著屈原在命題方式的統一風格和創造精神。

　　一般地說來，藝術研究可分兩個層面：(1)藝術現象的描述；(2)藝術技法的探尋。可惜一般研究者只停留在第一面層面上，以至於藝術分析呈現千部一腔，形成套在哪一部作品都適用的「八股」，錢先生的研究深入一層，從而使他的研究高出一籌。

三、藝術理論的研究

（一）「詩以涵虛兩意見妙」（589頁）

　　在一般理論著作中，用詞含義的準確與單一是其基本要求，然而在文學作品中，「語出雙關，文蘊兩意」則是其當行本色。所以康德說：「模糊觀念要比明確觀念更富有表現力。」在《楚辭》研究中，錢先生對這種文學特徵給予充分的注意。《離騷》：「謇吾法夫前修今，非世俗之所服。」王逸注「所服」爲「所服行」，一云「所服佩」。錢先生認爲王逸不懂「詩以虛涵兩意見妙」的道理。他說：

　　「修」字指「遠賢」而並指「修潔」，「服」字謂「服飾」而兼謂「服行」。一字兩意，錯綜貫串，此二句承上啟下。上云「攬木根以結茝兮，貫薜荔之落蕊，矯菌桂以紉蕙兮，索胡繩之纚纚」，是修飾衣服，「法前修」如言「古衣冠」；下云「雖不周於今之人兮，願依彭咸之遺則」，「今之人」即「世俗」，「依遺則」即「法前修」，是服行以前賢爲法。承者修潔衣服，而啟者服法前

賢，正見二詮一遮一表，亦離亦即。（589頁）

可知，《離騷》中的「所服」是虛涵兩意，既指服行，又兼指服飾，並行分訓而又同時合訓。錢先生對「虛涵兩意」很重視，認爲是《楚辭》藝術奧妙之所在。[5]

（二）意識腐蝕

《離騷》：「朝飲木蘭之墜露兮，夕餐秋菊之落英。」詩中「落」字是當墜落或是當始生講已成爲楚辭學史上一段公案。相傳王安石有「殘菊飄零滿地金」的詩句，遭到歐陽修的批評，王氏辯解道：「是定不知《楚辭》夕餐秋菊之落英，歐九不學之過也。」[6]《埤雅》有云：「菊不落花，蕉不落葉」，大學問家王安石爲什麼反復吟詠菊花之落呢？錢先生說：

5. 例如《離騷》：「怨靈修之浩蕩兮，終不察夫民心。」文中的「浩蕩」既有漢不關心國事的無思慮，又有距離遼邈，高高在上的意思，從而揭示出一個昏君的生存狀態。體認「詩以虛涵兩意見妙」對學習後代詩詞也有幫助。《古詩十九首》中「相去日已遠、衣帶日已緩」的「遠」字有遙遠（表示空間距離長）和久遠（表示時間距離長）這兩種意思。賀知章《詠柳》：「碧玉妝成一樹高，萬條垂下綠絲條」中的「碧玉」，有碧玉妝飾而成和宛若凝妝而立的碧玉女這兩重意思，從而提升了詩詞的內涵和藝術表現力。

6. 見李壁《王荊文公詩箋注》卷四八。

不徵之目驗，而求之腹笥，借古語自解，此詞章家膏肓之疾，「以古障眼目」也。嗜習古畫者，其觀賞當前風物時，於前人妙筆，熟處難忘，雖增契悟，亦被籠罩，每不能心眼空靈，直湊真景。詩人之資書卷、講來歷者，

亦復如是。安石此掌故足為選藝者「意識腐蝕」之例。
（588頁）

可以看出，「意識腐蝕」是一種從書本出發不從現實生活出發的創作心理，仿佛掛上口罩去聞東西，戴了手套去摸東西，妨害作者對現實的體認。《詩經‧淇奧》有「瞻彼淇奧，綠竹猗猗」的詩句，說明春秋時代，淇水兩旁有繁茂的竹林，然而魏晉以後，淇水間已無竹子，高適卻寫出：「竹樹夾流水，孤林對遠山」（《自淇涉黃河中作》）的詩句，錢先生評之「殆以古障眼，想當然耳」（89頁）。他從創作心理的角度，揭示了文學創作「刻板」「公式化」的又一思想根源，具有重要的價值。[7]

（三）荒誕須蘊義理

錢先生主張在文藝批評中，應該「大小家」平等，對大作家並不因他們聲望高名氣大而成為他們的「佞臣」。[8]

7.錢先生在《宋詩選注‧序》中再次提及「意識腐蝕」對創作的危害，他說：「不但西崑體害這個毛病，江西派也害這個毛病，而且反對江西派的『四靈』竟傳染著同樣的毛病。他們給這種習氣的定義是：『資書以為詩』，後人直率的解釋是：『除卻書本子，則更無詩』……從古人各種著作裡收集自己詩歌的材料和詞句，從古人的詩裡孳生出自己的詩來，把書架子和書籍砌成了一座象牙塔，偶而向人生現實居高臨遠的憑欄眺望一番。內容愈來愈貧薄，形式也愈變愈嚴密。偏重形式的古典主義發達到極端，可以使作者喪失了對具體事物的感受性，對外界視而不見，恰像玻璃缸裡的金魚，生活在一種透明的隔離狀態裡。」（《宋詩選注‧序》第17-18頁，人民文學出版社1982年版）

8.錢先生曾指出：「《詩經》以下，凡文章巨子如李（白）、杜（甫）、韓（愈）、柳（宗元）、蘇

對《楚辭》研究也應該採取同樣的態度，如他指出《離騷》抒情主人公前半部分是女性，後半部分卻變爲男性，「岨峿不安」，「前後失照」。[9]他還指出，靈均在「遠逝自疏」神遊天國的過程中，既然是乘龍的，爲什麼在飛渡流沙、赤水時要蛟龍爲他搭橋？由此，提出一條重要的創作原則「荒誕須蘊情理」，荒誕離奇的情事必須同事理相和諧。它們的關係就像三段論中大前提與小前提和結論的關係一樣「離奇荒誕的情節比於大前提；然而離奇荒誕的情節亦須貫穿諧和必須誕而成理，奇而有法，如既具此大前提，則小前提與結論必本之因之，循規矩以作推演」。（594頁）例如《西遊記》第六回寫齊天大聖與二郎神鬥法，大聖變魚遊入水中，二郎神變魚鷹，大聖逃跑之後急忙變成別的東西。形體可以隨便變換，理之所無，魚怕魚鷹則符合情理。這裡提出了一條浪漫主義創作的重要原則，同時也提出一個衡量藝術成敗的重要標尺。

（軾）、陸（遊）、湯顯祖、曹雪芹等，各有大小『佞臣』百十輩，吹噓上天，絕倒於地，尊珷如璧，見腫謂肥。不獨談藝爲爾，論學亦有之。（398頁）

9.我們還可補充一例，《離騷》寫靈均三次神遊天國都是乘龍上天的，而結尾卻寫抒情主人公在天上臨睨故鄉時，出現的卻是馬（「僕夫悲餘馬懷兮」）也是明顯的「前後失照」。

錢先生在《列子・周穆王》一節中提及：

方以智《藥地砲莊》卷三《大宗師》：「櫨與齋曰：『夢者，人智所現，醒時所制，如既絡之馬，臥則逸去。然經絡過，即脫亦馴，其神不昧，反來告形。』」醒制而

臥逸之說與近世析夢顯學所言「監察檢查制」眠時稍懈，若合符契。（492頁）

　　他還提及，在我國古代搜神志怪小說中，常常描寫精怪變人形時，眠時醉後，輒露本相，例如《洛陽伽藍記》記載孫岩妻醒著時，其夫觸其衣，「有毛長三尺，似野狐尾」。《大唐西域記》記載龍女熟睡，「首出九龍之頭」，說明我們古人對夢的特性已有所認識。然而古人為什麼沒能像西方心理分析家那樣總結出意識中「監察檢查制」那樣的理論呢？邵雍《安樂窩》：「美酒飲教微醉後，好花看到半開時。」汪藻《春日》：「桃花嫣然出籬笑，似開未開最有情。」說明古人已經認識到最有美學價值的時刻是「含苞欲放」而不是事物的頂點，然而卻沒有人像萊辛那樣總結出「包孕性」的美學理論來！在我國古代許多詩文中有愁心如流水的描寫，為什麼沒能像詹姆士那樣總結出意識流理論來呢？在《詩經》的《甘棠》和《靜女》中有移情的抒寫，卻沒有人像李普斯等人那樣總結出「移情說」呢！說明我們民族善於表達審美知覺而不重視系統的理論概括。我們在《楚辭》研究中，不也顯露出這個不足嗎？基此，錢先生總結出許多藝術理論，不僅推動著《楚辭》的深入研究，而且對豐富我們文藝學，建設富有民族特色的文學理論也有重要的指導作用。

四、商榷兩個問題

(一)關於《詩經》景物描寫的評價

錢先生說:「竊謂《三百篇》有『物色』無景色,涉筆所及,止乎一草、一木、一水、一石,即侔色揣稱,亦無以過《九章・橘頌》之『綠葉素榮,曾枝剡棘,圓果摶兮,青黃雜糅。』《楚辭》始解以數物合布局面,類畫家所謂結構、位置者,更上一關。由狀物進而寫景。」(613頁)這裡涉及到我國景物描寫的源頭以及對《詩經》寫景藝術的評價問題,是不能不辨的。應該承認,《楚辭》寫景藝術確實比《詩經》更加豐富多彩,這是誰也否認不了的,但硬說《詩經》有「物色」而無景色,涉筆只及乎一草、一木、一水、一石則不符合《詩經》的實際。(1)所謂「物色」一詞出於《文心雕龍・物色篇》,「物色」即景物,而景物用於詩中就成為景色,是不能強分高低和彼此的。(2)《詩經》中確實有「止乎一草、一木、一水、一石」的景物描寫,但也有許多篇是以「數物合布局面」的,《王風・君子于役》:「君子于役,不知其期。曷至哉?雞棲於塒,日之夕矣,羊牛下來,君子于役,如之何勿思!……」程俊英《詩經譯注》說:「這是一位婦女思念久役於外的丈夫的詩。這位農村婦女在暮色蒼茫之中,看到牛羊等禽獸回來休息,而自己的丈夫歸家無期,就更覺寂寞、孤獨,不禁唱出了這首情景交融的動人詩篇。」「情景交融」就體現在暮色蒼茫的夕陽以及黃昏時刻雞回雞窩、牛羊下山的景物,從而觸動了思念遠

方親人的情懷。難怪方玉潤《詩經原始》中這樣評述道：
「傍晚懷人，眞情實境，描寫如畫。晉、唐人田家諸詩，
恐無此眞實自然。」此外，《豳風・東山》第二章關於家
鄉由戰亂而破敗的景物播寫，《小雅・出車》第六章關於
凱旋回來所見所聞的一段景物描寫也相當複雜而精彩。至
於《小雅・鶴鳴》則是全由景物聯綴而成的詩章，我們怎
麼能說《詩經》景物「止於一草、一木、一石、一水」
呢？(3)詩篇景物描寫的好壞與成敗不能以多少來評判。
《文心雕龍・物色》中說：「寫氣圖貌，既隨物以宛轉；
屬采附聲，亦與心而徘徊。故『灼灼』狀桃花之作，『依
依』盡楊柳之貌，『杲杲』爲日出之容，『瀌瀌』擬雨雪
之狀，『喈喈』逐黃鳥之聲，『嚶嚶』學草蟲之韻；『皎
日』『嘒星』，一言窮理；『參差』『沃若』，兩字窮
形；並以少總多，情貌無遺矣。」劉勰這裡用以說明以少
總多的藝術辯證法的事例均出自《詩經》。

（二）關於《天問》的藝術評價

在近代《天問》研究史上，對《天問》採取全盤否定
的有兩個人。一個是曾經作爲「文學革命」大將兼白話詩
人的胡適，他指斥「《天問》文理不通，見解卑陋，全無
文學價值」。另一個是錢先生，他否定《天問》的理由主
要有三點：(1)「題佳而詩不稱」；(2)「先後之事倒置，
一人之事割裂，有若王逸所謂『不次序』也」；(3)語言
蹇澀突兀，好像口吃人講不清話，需要別人代爲申述。其
結論是「《天問》實借《楚辭》他篇以爲重，猶月無光而

受日以明。」（607-608頁）我們認爲，要正確評價《天問》，首先要弄清《天問》的性質。古今中外曾經出現過許多問答體的詩歌，然而《天問》卻只問不答，詩人把天上地下、從古到今的一百七十二個問題，用一千五百多字的篇幅。自然恰切地熔於一篇之中，既有錯落有序、抑揚縱橫的格調，又有波瀾起伏、鏗鏘回旋的韻律。這種形式不僅在中國文學史前無古人，後無來者，就是在世界文學寶庫中也很難找到第二部。前人早已指出：「《天問》其創格奇，設問奇，窮幽極渺奇，不倫不類奇，不經不典奇。一枝筆排出八門六花，堂堂井井，轉使讀者沒尋緒處，大奇！大奇！」[10]面對這篇天下奇文，我們怎麼能用常規的觀點加以評價呢？

10.夏大林：「屈騷心印・發凡」。

《天問》是一部抒寫古今興亡的哲理詩（用林庚《天問論箋》説），我們怎能用普通的抒情詩來規範呢？寫人事而從宇宙形成寫起正表現出詩人蒼涼的深邃的歷史感，天人合一的宇宙觀、世界觀。同時也表現出詩人睥睨一切的胸襟與氣勢，詩一開篇一個頂天立地巨人形象就屹立在人們面前，我們怎能說「遂古之初，誰傳道之」不如李白「搔首問青天」、王令之「欲作大嘆吁向天，穿天作孔恐天怒」呢？一方站在天之上，揮斥方遒，激揚文字，一方仰視上天唯恐天怒，怎能同日而語呢？關於「不次序」的問題，原因比較複雜，主要原因有兩個，一是錯簡，二是今人對古代詩人的創作用心不了解。例如著名的鯀、禹神話在《天問》中就出現了兩處，第一處共六節（由「不任汩鴻，師何以尚之」至「康回憑

怒，地何以東南傾？」），第二次共兩節（由「禹之力獻
功，降省下土四方」至「胡維嗜不同味而快朝飽？」）同
是一個神話卻分置兩處，按今人的眼光看，當然有「一人
之事割裂」的問題，因此郭沫若先生在《屈原賦今譯》中
就把中間21個問題挪出，使前後相接形成一個層次。其
實關於鯀、禹治理洪水的神話是作爲天地開闢神話系列而
展開的，而第二處關於禹和涂山女的愛情神話則是屬於夏
王朝的歷史傳說系列而展開的，一屬天文，一屬人事，當
然得分置兩處了。[11]這一事實
告訴我們，在古籍整理與研究

11.請看趙沛霖《屈賦研究論
衡》「關於天問」一章。

中，隨便動大手術是何等危險！至於《天問》晦澀難懂的
問題，原因有三，其一是錯簡，其二是長期流傳過程中傳
抄的錯誤，其三是屈原所問的傳說故事早已失傳，而且屈
原用問話體形式寫《天問》，缺乏情節的交代，今人往往
就會有摸不著頭腦的感覺。林庚先生在《天問論箋・序》
中講了這樣的例子，孫悟空鑽進鐵扇公主肚裡的故事，大
家都很熟悉，如果故事失傳了，只留下《天問》式的詩
句：公主之腹猴何在焉？我們今天就很難理解。確實需要
「旁人代申衷曲」，但這是不能責怪屈原的。

五、藝術研究的主要方法

　　相傳八仙之一的呂洞賓到一位人家住宿。臨走時，
用手指點了一塊石頭變成金子送給主人，主人不收。呂洞
賓以爲嫌太小，便點了塊大的送上，主人還是不要。呂洞

賓不解地問：「那你到底要什麼？」答道：「要你的手指。」這個故事從倫理學的觀點看，這位主人是貪婪的，如果從方法論的角度看，這位主人很聰明，因爲有了點石成金的手指就可受用無窮。錢先生曾說過他的著作「只須標其方法，至於個別條目，盡可有商榷的餘地」。[12]說明他對自己的研究方法很重視，因爲一門學科的自我意識，正突出地表現在它的方法論上，科學的反思歸根到底是對該學科方法論的檢討和總結。

12.轉見鄭朝宗《〈管錐編〉作者的自白》，《人民日報》1987年3月16日。

（一）扎根於文本之中，把文藝批評提升到更爲科學的境地

我們過去的藝術理論研究，存在著一個根本缺陷，即基本上停留在對古人理論的闡釋上，而不注重從作品中發現新的寶藏。錢先生則主張從作品的實際出發，反對僅僅搬弄一些新奇術語，故弄玄虛，對解決實際問題並無補益。他曾提及，南宋有個蜀妓，寫給她情人一首《鵲橋仙》：「說盟說誓，說情說意，動便春愁滿紙。多應念得《脫空經》，是那個先生教底？」[13]這種藝術研究的「脫空經」我們看得還少嗎？錢先生的研究爲我們提供了這樣的經驗。《楚辭》藝術理論研究應該兩條腿走路，其一是對舊有的理論命題進行新的闡釋；其二，研究作品，從中提煉出新的文學規律和藝術方法來，從價值論的角度看，這個工作更難，卻是唯一能夠抵進最高限值的努力。

13.《七綴集》，132頁。

從文本出發另一個意思是，重視詩詞、戲曲、小說等

被人忽略的文本。他在《讀〈拉奧孔〉》一文中指出：

> 在考究中國古代美學的過程裡，我們的注意力常給名牌的理論著作壟斷去了。不用說，《樂記》、《詩品》、《文心雕龍》、詩文話、畫說、曲論以及無數掛出牌子來討論文藝的書信、序跋等等是研究的對象。同時，一個老實人得坦白承認，大量這類文獻的探討並無相應的大量收穫。好多是陳言加空話，只能算作者禮節性表了個態。……倒是詩、詞、隨筆里，小說、戲曲裡，乃至謠諺和訓詁裡，往往無意中三言兩語，說出了精闢的見解，益人神智；把它們演繹出來，對文藝理論很有貢獻。

這段話可看作錢先生為建設中國文藝理論而提出的宣言。文中特別提到要花力氣從過去不被人們所重視的，散見於詩詞、小說、筆記甚至謠諺和訓詁裡整理、發掘文藝理論，為人們研究文藝學提供新視角。

（二）治學要像蜜蜂釀蜜「博覽群書而匠心獨運，融化百花以自成一味，皆有來歷而別具面目」（1251頁）

治學要像蜜蜂採百花以釀蜜，這是形象的比喻，運用在研究上是打破兩個界限：一是學科界限，進行各學科的綜合研究，二是中外界限。為了講清《湘君》中的「錯亂顛倒之象」，引用了王建《獨漉歌》、張籍《白頭吟》、《史記·刺客列傳》、《論衡·感虛》、元曲《漁樵記》、《太平廣記》、《北宮詞紀外集》、《荒唐詩》、

《五代史補》、《宗鏡錄》、《五燈會元》、《大般涅槃經》、《朱子語類》、《莊子‧天下》篇、《尚書》等，囊括了經、史、子、集的有關材料；國外的有海涅、彭斯、拜倫、英國無名氏詩人的詩。英國名劇，西方成人戲稚子的民俗資料等加以印證和說明。有人認爲這是「掉書袋」，這是一個誤解，其實是「觸類而觀其匯通，故疏鑿鉤連，聊著修詞之一貫而用萬殊爾」。（600-6頁），只有既見樹木，又見森林，才能有歷史感，才能領會「東海西海，心理攸同；南學北學，道術未裂」的道理。[14]錢先生的研究表明，學術發展到今天，沒有「採百花以釀蜜」的運作，沒有放眼世界的廣闊視野，《楚辭》研究很難有所超越。

> 14.語出《談藝錄‧序》。錢先生的綜合闡釋與那種毫無個人主見、以抄書來掩蓋個人識見淺陋的「掉書袋」風馬牛不相及，它是批評家的別一種強化闡釋，千萬不能混爲一談。

需要著重提出的是，在錢先生的百花園裡還有一種奇特的花——誤解。誤解可具聖解，千萬不能隨意扔掉。《九歌‧大司命》：「紛總總兮九州，何壽夭兮在予。」王逸注：「『予』謂司命。言普天之下，九州之民誠甚眾多，其壽考夭折，皆自施行所致，天誅加之，不在於我也。」這兩句的意思本是，九州裡有人眾千千萬萬，他的長壽和短命都由我司命主宰。王逸卻解釋爲民眾的長壽或短命都是自己所致，與司命我沒幹係。錢先生認爲，這種解釋不符合原意，卻「尚有意理」，因爲民眾太多，要求不一樣，司命事實上管不了，管不了只好不管。正如蘇軾《泗州僧伽塔》詩所說：「耕田欲雨刈欲晴，去得順風來者怨，若使

人人禱得遂，造物應須日千變。」（606頁）補充一例，民歌《二月天》：「做天難作二月天，蠶要暖和麥要寒；種田哥哥要落雨，養蠶姑娘要陰天。」「誤解可具聖解」是《管錐編》多次出現的理論命題。張先《虞美人》：「一帆秋色共雲遙；眼力不知人遠，上江橋。」宋許顗《彥周詩話》把詞中「不知」誤憶爲「不如」，錢先生認爲：「曰『不知』，則質言上橋之無濟於事，徒多舉耳；曰『不如』，則上橋尚存萬一之可冀，稍延片刻之相親。」「然『如』字含蓄自然，實勝『知』字，幾似人病增妍、珠愁轉瑩。」（78頁）「王國維有論學三元境界之說，即無新舊，無中西，無有用無用。[15]「誤解可具聖解」，正是「無有用無用」的具體運用。

從思維的層面講，它與好者一

15.《國學叢書序》，《王國維全集》，1408頁。

切皆好，壞者一切皆壞的形而上學區別開來，屬於美國精神心理學家A.盧森堡提出的創造性的兩面神思維。如果學會這種思維方式，我們的學術定會海闊天空，更臻完美。

（三）襃揚創新意識，顯示《楚辭》生生不息的藝術生命

語言學認爲，語言猶如貨幣，有一種貶值的自然傾向。《楚辭》藝術也會在後代的仿效中逐漸喪失其生命力。錢先生的研究，把更多注意力放到後代創造性的繼承的襃揚上，以顯示《楚辭》的不朽生命。在「因鳥致辭」一節中，提及宋徽宗《燕山亭》詞：「憑寄離恨重重，這雙燕何曾會人言語！」指出宋徽宗由於亡虜身份，不便寫信，只能口囑。要托雙燕捎口信，而雙燕又不通人語。苦

惱、無助之情盡在「何曾會人言語」之中，這種「與古為新」的寫法更值得學習。文中還提及無名氏《御街行》一首，跳出請鳥捎信的窠臼，寫叮囑鳥兒飛過他心上人所住的紅樓不要鳴叫，以免心上人聞聲盼信而傷心。錢先生稱這種寫法是「舊意翻新，更添曲致」。（620頁）

國家圖書館出版品預行編目資料

錢鍾書先生論《詩經》《楚辭》／林祥征著.
--初版.--臺北市：五南，2013.12
　　面；　公分
　　ISBN 978-957-11-7334-4（平裝）
　　1.詩經　2.楚辭　3.研究考訂
831.18　　　　　　　　　102018571

學術叢刊　08

1XCA　錢鍾書先生論《詩經》《楚辭》

作　　　者 ― 林祥征(115.6)

發 行 人 ― 楊榮川

總 編 輯 ― 王翠華

副 總 編 ― 蘇美嬌

責任編輯 ― 邱紫綾

封面設計 ― 童安安

出 版 者 ― 五南圖書出版股份有限公司

地　　　址：106台北市大安區和平東路二段339號4樓

電　　　話：(02)2705-5066　　傳　　　真：(02)2706-6100

網　　　址：http://www.wunan.com.tw

電子郵件：wunan@wunan.com.tw

劃撥帳號：01068953

戶　　　名：五南圖書出版股份有限公司

台中市駐區辦公室／台中市中區中山路6號

電　　　話：(04)2223-0891　　傳　　　真：(04)2223-3549

高雄市駐區辦公室／高雄市新興區中山一路290號

電　　　話：(07)2358-702　　傳　　　真：(07)2350-236

法律顧問　林勝安律師事務所　林勝安律師

出版日期　2013年12月初版一刷

定　　　價　新臺幣280元